LA MONARCHIE CHRÉTIENNE

LETTRES D'UN CATHOLIQUE

A SES CONTEMPORAINS

PAR

M. Gabriel de BELCASTEL

> Tout pouvoir vient de Dieu.
> (S. Paul).

PARIS

E. DENTU, Libraire,
PALAIS-ROYAL.

TOULOUSE

IMP. CATHOLIQUE SAINT-CYPRIEN
ALLÉE DE GARONNE, 27.

1884

LA

MONARCHIE CHRÉTIENNE

LETTRES D'UN CATHOLIQUE

A SES CONTEMPORAINS

LA MONARCHIE CHRÉTIENNE

LETTRES D'UN CATHOLIQUE

A SES CONTEMPORAINS

PAR

M. Gabriel de BELCASTEL

Tout pouvoir vient de Dieu.
(S. Paul).

PARIS

E. DENTU, Libraire,
PALAIS-ROYAL.

TOULOUSE

IMP. CATHOLIQUE SAINT-CYPRIEN
ALLÉE DE GARONNE, 27.

1884

La suprême puissance n'est donnée directement par Dieu qu'à la communauté parfaite.

(SUAREZ, *Défense de la foi catholique contre les erreurs anglicanes*, chap. II, § 5).

La fin principale des gouvernements temporels est d'aider le ministère de l'Eglise.

(S. THOMAS).

... Le meilleur des gouvernements se compose à la fois :

De *monarchie*, en ce qu'un seul est le chef ;

D'*aristocratie*, en tant que plusieurs, choisis d'après leur mérite, commandent sous lui ;

De *démocratie*, c'est-à-dire du pouvoir populaire, en tant que les dirigeants peuvent être choisis entre tous et que tous peuvent les élire.

(S. THOMAS, 1re de la 2e, quest. 105, art. 1).

AU PAPE INFAILLIBLE

———

Très Saint Père,

Le premier acte du catholique français qui offre à son pays un essai sur « *la Monarchie chrétienne* » est de le déposer humblement aux pieds du Pape infaillible, Vicaire de Jésus-Christ.

L'auteur de ce petit ouvrage aspire avant tout au règne de Dieu et à sa Justice, et par là, au relèvement de sa patrie, cette noble nation de France que Votre Sainteté aime d'un si généreux amour.

Il adhère de toutes les puissances de son être à la doctrine intégrale de l'Eglise catholique, apostolique et romaine. Sa résolution inébranlable est de sacrifier tous les biens de ce monde et la vie plutôt que d'amoindrir la vérité libératrice.

Daigne Votre Sainteté bénir et l'auteur et le livre, afin que celui-ci favorise, avec la propagation d'une politique conforme à l'ordre chrétien, la concorde entre tous les hommes de bonne foi qui veulent le vrai bien du peuple, et rendent un sincère hommage à la Souveraineté divine.

Prosterné à vos pieds, Très Saint Père,

> Je suis, de Votre Sainteté, avec un filial amour, le fils profondément respectueux, soumis et dévoué.

GABRIEL DE BELCASTEL,

ANCIEN DÉPUTÉ A L'ASSEMBLÉE NATIONALE,
ANCIEN SÉNATEUR.

INTRODUCTION

Les peuples sont des êtres moraux. Ils ont part,
à ce titre, à quelques-unes des lois qui régissent les
esprits. Leur vitalité est indéfinie, de soi, car ils n'ont
point, par nature, des organes condamnés à s'user
et à périr. A la rigueur du terme, ils ne meurent
que de mort violente, exterminés, par exemple, ou
absorbés dans une nation dominatrice, ou bien sui-
cidés par la violation libre des lois morales de la
vie.

Voilà pourquoi tant de nations antiques ont
disparu, victimes de la conquête ou consumées par
la fièvre putride de leurs propres vices. Voilà
pourquoi aussi, depuis le Christ, on ne compte
parmi les peuples baptisés qu'un mort, et celui-là
même, — cent trente ans après son écartellement

brutal, — il respire toujours. D'ailleurs, quel que
soit le respect dû aux vaincus et à la cendre des
martyrs, si j'ose dire à la Pologne, en m'inclinant
devant son immortel prestige d'héroïne, qu'elle a
une part de responsabilité dans sa destinée cruelle,
qui aurait le droit de protester? Les nations bapti-
sées, pleinement fidèles à elles-mêmes et à tout leur
devoir, sont faites pour vivre autant que l'humanité.
Elles ne finiront qu'avec elle, quand elle clora sa
carrière du temps sous un soleil appelé lui-même
à se transfigurer.

Cela est vrai des peuples chrétiens. Cela est
surtout vrai de la France, le plus un, le plus vivace,
peut-être le mieux constitué des peuples. A ses dons
de nature et de tempérament, elle joint un privilège
singulier : elle a, pour ainsi dire, un mandat
temporel de la Providence, en harmonie avec la
mission surnaturelle de l'Eglise. Elle n'a point droit
aux divines promesses ; mais, satellite un peu vaga-
bond, — non déserteur, — de l'astre indéfectible,
elle porte, dans sa propre course à travers les âges,
comme un reflet d'immortelle jeunesse. **La France
ne mourra que si elle se tue.**

Quelles que soient sa noblesse de vocation et sa
richesse de vie, elle a subi déjà de redoutables
épreuves. Le siècle que nous traversons les a
multipliées. A l'heure où j'écris, elle est le jouet

d'une crise étrange, où les rayons sont en lutte avec les ombres, de telle sorte que les timides se demandent parfois à qui, des rayons ou des ombres, demeurera la victoire.

Je crois au triomphe de la lumière et de la vie.

Tout est contradictoire dans le tableau qu'offre à l'œil du penseur notre chère et trop éprouvée patrie. Mais entre tous, deux symptômes saisissent.

La France est monarchique d'instinct, d'idées, de caractère et de génie. Cependant, pour la troisième fois depuis un siècle, non seulement elle se montre avec l'étiquette républicaine au front, mais cette fois elle la garde davantage. Sans montrer l'âge de la raison, la république a passé l'âge de l'enfance. D'aucuns prétendent qu'elle mettra ses dents de sagesse un jour, d'autres pensent que ce sont plutôt les dents de fauve qui poussent.

L'âme de la France est catholique jusqu'à la moelle des os ; et son gouvernement est persécuteur acharné du catholicisme. La France du Christ, qui est la vraie, subit le joug des athées.

La preuve de ces faits et la raison de ces contradictions pourront se voir au cours de cette étude. Je ne veux ici que signaler le phénomène et marquer une date de l'histoire française.

C'est à cette date que meurt en exil un roi sans diadème, mais portant devant son siècle et devant les siècles à venir toute la splendeur d'un front royal. Durant cinquante années, il n'a pas tenu le sceptre un jour; mais il laisse son trône vide et son sceptre rouillé, plus grands que bien des monarques, après vingt ans de règne. Ce seul mot mesure la hauteur de son caractère.

Or, trois semaines avant sa mort, autour du lit de l'auguste agonie, se passe une scène dont l'histoire n'offre pas l'égale. A travers les voiles dont la pudeur de famille l'environne, qui ne l'entrevoit, ce tableau sublime, plein de deuil, de gloire et de majesté? Quel cœur français n'en est pas remué?

D'un côté, sur sa couche illuminée déjà des clartés d'en haut, l'héritier légitime et dépouillé de la monarchie la plus nationale de l'univers, dont les secousses de huit siècles n'avaient pu, jusqu'à nos jours, briser l'hérédité, le pur et saint Henri de France, qui a ceint la couronne au sortir du berceau, et l'a vue tomber de son front dans un orage pour ne la recouvrer jamais.

De l'autre, le petit-fils de celui qui, cinquante ans passés, avait reçu un trône de l'insurrection et livré aux hasards du vent révolutionnaire le cours inviolable des destinées françaises. Ce prince, à son tour, sans héritage, était venu, il y a dix ans, s'incliner devant la loi traditionnelle, se jeter dans les

bras de son représentant, avec la ferme résolution
d'en être le premier sujet. Aujourd'hui il est là pour
rendre un suprème hommage à celui qui demeure
son chef et roi. Il est là, inondé de tristesse, à la vue
de l'irréparable ; il ouvre son cœur à la dernière
étincelle de la grande âme prête à monter vers Dieu.

Entre ces deux princes prédestinés, l'un à demeurer jusqu'au bout la victime expiatoire , l'autre
à devenir peut-être le réparateur heureux des fautes
accumulées depuis deux siècles, qui pourra dire la
profondeur du regard échangé?

Le roi qui va mourir a sondé la vanité de tout
rêve humain, si noble et si brillant qu'il soit. Il
demande au Ciel, pour celui qui sera roi demain,
le don de faire à la patrie commune tant aimée le
bien qu'à lui-même il ne fut pas donné d'accomplir.
On croit entendre sortir de ses lèvres inspirées cet
adieu, le plus beau qui soit sorti de la poésie antique
païenne.

Disce puer, virtutem ex me... fortunam ex aliis.

Et lui, le jeune roi sacré en quelque sorte par la
main royale de l'agonisant, il voit comme en un
songe cette douloureuse carrière de l'exil dont le
flambeau s'éteint sous ses yeux sans avoir éclairé la
patrie. Quel règne il y aurait eu pour la France !
Quel essor de grandeur, de fortune, de puissance et

de gloire, durant ce demi-siècle dont le fantôme se dresse devant lui, si le droit national n'eût pas été brisé.

Sous l'oppression qui envahit son cœur et qu'il domine en roi, l'héritier de la garde de ces grandes choses jure au plus profond de sa conscience d'être fidèle à la voix austère de l'histoire, qui lui parle au nom de Dieu dans le regard mourant du petit-fils de saint Louis et de Charles X; — et de l'une à l'autre de ces âmes chrétiennes et françaises, court un souffle de patriotisme religieux capable de convertir un peuple. Et il semble qu'au-dessus d'eux une voix souveraine, — était-ce la vôtre, ô saint Louis? — fait entendre ces mots :

« Courage ! la Maison de France unie dans la prière et dans la foi devant la mort, au pied du crucifix, est le gage du salut de la France elle-même unie un jour et sauvée au nom et par la croix de Jésus-Christ ! »

Quoi qu'on dise et qu'on fasse, pour tous ceux qui gardent le sens de la beauté morale, il y a dans ces souvenirs une irrésistible magie. La vie stérile en apparence de Henri l'exilé est, pour qui sait la comprendre, d'une magnifique fécondité. Il aura tracé le sillon immortel de la souffrance, de l'honneur, de la magnanimité. Quand la France, un jour, sous la main de justice et l'épée de Philippe VII,

jettera loin d'elle les bandelettes républicaines qui
l'étouffent, pour revenir à l'air libre et reprendre
son rang de nation reine, quand les cendres des
trois générations de rois qui dorment en exil seront
portées solennellement en France dans les caveaux
de saint Denis, certes, elles auront le droit d'être à
l'honneur, car elles furent à la peine, et l'héroïsme
de leur patience a fait leur part belle dans l'œuvre
de la rédemption française.

La France chrétienne qui croit, prie, espère et
veut vivre, a compris les fortes leçons de la vie et
de la mort. Elle a vu sur cette tombe lointaine sur-
vivre une grande espérance ; elle a vu planer au-
dessus des hommes l'ange de la patrie. Elle sait
qu'au-dessus de tout Dieu demeure éternel ; aujour-
d'hui comme hier, elle entend sa voix, qui la convie
à redevenir la fille ainée de son Eglise, sous le sceptre
du roi.

L'élan spontané — qui donc l'a commandé et qui
pouvait le commander ? — qui emportait si vite vers
le comte de Paris la presque unanimité des royalistes,
ressemble à un mouvement providentiel. Vive le roi
Philippe VII ! Ce cri, multiplié par mille échos, est
bien le cri de la royauté traditionnelle ; il est l'abju-
ration formelle de tout le régime d'aventures : le
commencement du retour à l'ordre chrétien !

L'incident de Goritz a redoublé l'éclat de la manifestation ; il n'a pas créé le sentiment. Silence sur cet incident clos à jamais. Silence égal sur l'essai de petite église séparatiste au nom des descendants du duc d'Anjou. Tout y manque à la fois : le Droit, le représentant du Droit, un parti pour le propager, un peuple pour l'accepter ; plus encore que tout cela, le sens de la réalité des choses et le sens national.

L'explosion de royalisme jeta une terreur visible dans les camps divers des adversaires de la monarchie, tous les vrais républicains en ont eu le frisson. Ceux que le fanatisme n'aveugle pas, ont senti que la République avait un héritier. Les exaltés ont plus peur encore. Vite ! disent les uns, vite, proposons une loi d'exil ! délivrez-nous de ce cauchemar ! remède pire que le mal ! Il n'est pas sûr que la loi passe, les princes ont tant d'amis ! et quand elle serait votée, à quoi bon une pierre de plus au cou de la République qui a déjà tant de peine à nager.

Les partisans de l'Empire ont peur aussi. Je parle des séides ; les autres, en secret, ont moins de crainte que de désir, et, parmi les séides eux-mêmes, il en est de deux classes. Ceux de la première, c'est l'élite, ne peuvent se dissimuler l'avance de l'héritier royal sur l'héritier impérial, et ne cessent d'aiguillonner l'aigle abâtardi : partez donc, lui ont-ils dit,

l'avenir est au premier qui touchera le but. Pauvre
France, serais-tu donc le prix de la course?

Les autres — c'est la lie — montrent leur épouvante par les amas d'injures qu'ils jettent tous les
jours contre les d'Orléans : injures d'ailleurs qui
meurent dans la fange où elles sont nées.

Le comte de Paris arrive donc sur la scène politique avec toute la force du droit et une popularité
de haut aloi comme d'heureux augure. Cela ne veut
pas dire : sans difficultés. Aveugle qui ne les voit
pas ! elles sont immenses.

D'une part, dans la droite ultra-extrême des
anciens légitimistes, si la théorie des rois espagnols
est bien et dûment mort-née, il est quelques hommes,
beaucoup peut-être, dont le sens pratique et le
patriotisme se sont révoltés contre une pareille
extrémité, mais qui guettent une occasion propice
pour trouver en défaut le nouvel héritier. Là est le
germe d'une guerre sourde, au nom de principes
mal définis, couvrant des sentiments moins définis
encore.

D'autre part, si parmi les anciens impérialistes, il
en est un certain nombre qui acceptent le roi national, il en est d'autres, incorrigibles sectaires du
plébiscite prétorien, qui aspireront toujours à donner
aux passions démagogiques une tête de césar : cette
tête fatidique à deux visages et à deux bouches,

dont l'une dit : Je suis l'ordre, et l'autre : Je suis la
Révolution.

Puis la foule d'indifférents descend de plus en
plus bas dans le jeu des affaires et des plaisirs. C'est
là son seul souci. Elle ne comprend pas encore que,
la République et la Révolution dussent-elles — ce
qui n'est pas — les laisser paisiblement dormir dans
le marais d'Epicure, l'homme est fait pour de plus
hautes destinées, dont l'abdication est une ignominie.

Enfin, la République vraiment républicaine, la
république, symbole et machine d'athéisme, la
république des francs-maçons et celle des anarchistes, celle-là frémit toujours d'une haine satanique contre la monarchie religieuse et réparatrice.
Avec elle aucune entente, aucune trêve, aucun dia-
logue possible. C'est le monstre dont il faut délivrer
la patrie.

C'est à indiquer la voie de la délivrance, à diminuer les difficultés, à dissiper les malentendus qui
séparent les honnêtes gens, à fortifier les faibles, à
éteindre les ressentiments, à rapprocher tous les
hommes de bon vouloir sous le drapeau de Dieu
dans l'unité monarchique de la France chrétienne et
libre que ce travail sera consacré.

Le titre sera la Monarchie chrétienne. Vous
l'avez vu.

Les épigraphes choisies en dessinent déjà les principaux traits.

Le sous-titre sera : Lettres d'un catholique à ses contemporains. Il y en aura sept, peut-être davantage :

— A un découragé.

— A un optimiste.

— A un libéral.

— A un républicain.

— A un impérialiste.

— A un sceptique (1).

— A un ignorant.

Les conclusions peu à peu se dégageront.

J'ai pris la forme de lettres, parce qu'il faut parler à des esprits divers ; chacun lira celle qu'il juge à son adresse : celui qui voudra tout lire, pourra faire des haltes, de l'une à l'autre. La lettre est, d'ailleurs, la forme la plus souple et la plus voisine du discours, et le discours sans apprêt est la forme la plus naturelle de la pensée.

Je les nomme : Lettres d'un catholique, sans épithète, pour mieux attester l'esprit d'absolue fidélité à l'Eglise qui les animera.

Croyant du Pape infaillible, puisant aux sources vives et incorruptibles de la tradition catholique

---

(1) Les deux dernières ne paraîtront pas dans ce volume, elles seront l'objet d'un travail à part et les premières d'une seconde série.

romaine le suc de la doctrine, je ne ferai, Dieu aidant, aucune concession à l'erreur, mais je me garderai d'appeler erreur la mesure dans l'application des droits de la vérité, lorsqu'en principe on les reconnait tous, car la mesure dans l'application du droit est une part intégrante de la vérité.

Je crois que la monarchie chrétienne est aussi possible qu'hier, et aussi nécessaire. Mais je ne crois pas que, pour la fonder, il faille attendre que tous les royalistes de France pensent sur toute chose d'une façon identique. Je ne crois, d'ailleurs, pas qu'il y ait profit pour une cause politique à diminuer sans nécessité le nombre de ses serviteurs. Cette école d'épuration à outrance, qui porte trop souvent à faux d'ailleurs, ne fut jamais la mienne, car, avant tout, je suis enfant du Christ, et la royauté chrétienne, comme celle du Christ lui-même, est assez large pour faire vivre à son ombre tous les hommes qui veulent sincèrement toute la vérité.

Arrière donc toutes les petites églises, sorties de mains d'homme, qu'elles soient libérales ou anti-libérales et n'oublions jamais qu'il n'est qu'une manière d'être catholique, catholiques avec le Pape, la seule infaillibilité de l'univers.

Déchirons donc les équivoques accumulées par les ennemis de l'Eglise, et trop exploitées par les césars de toutes les tailles et les Jacobins de tous les régimes.

Non ! le libéralisme n'est pas la liberté !

Non ! l'absolutisme n'est pas l'autorité !

Non ! les libertés publiques ne sont pas la Révolution.

Non ! sur aucun terrain l'Eglise n'est l'absolutisme. Elle a toùjours flétri la tyrannie. Elle est la citadelle de la liberté du monde.

Non ! ce n'est ni la rancune, ni le soupçon, ni la haine, ni le knout, ni la déportation qui peuvent raffermir l'édifice social ébranlé. C'est la justice qui en est la base ; c'est la vérité qui en est l'harmonie ; c'est l'amour qui en est le ciment ; et, quand la force apparait, comme sa gardienne nécessaire aussi, proclamons bien haut qu'elle ne doit servir jamais un homme ou un parti : elle n'est qu'au service de la justice, c'est-à-dire de Dieu.

Lorsque, dans ma carrière politique, sur les bancs de la majorité religieuse, conservatrice et monarchique, j'ai vu à ma droite la défiance contre M. le duc de Broglie devenir comme une seconde religion, et, à ma gauche, l'antipathie contre M. Louis Veuillot érigée presque à la hauteur d'un dogme ; les tenant en estime tous deux, je me suis dit qu'il y avait là un grand défaut à l'armure de la défense sociale. J'ai vu avec douleur qu'il y avait du chemin à faire pour arriver à la concorde, en France, parmi les serviteurs du même Dieu. Mais aussi je me suis juré de travailler, dans mon humble sphère, à cette concorde, et, par elle, au règne du maître unique et universel.

Voilà pourquoi je lance aujourd'hui dans la mêlée, ces pages nées dans la solitude de mon amour pour Dieu et pour mon pays. Puissent-elles contribuer à unir les Français qui aiment leur pays et qui croient en Dieu !

C'est mon unique vœu. Où serait mon ambition humaine ? Je n'ai rien à attendre de la vie publique au-delà de ce qu'elle m'a donné ; c'est, au surplus, une grande misère déjà que la poursuite des honneurs, quand on voit qui les porte. C'est moins qu'une ombre, et lorsqu'on songe à l'honneur du devoir accompli, surtout quand on espère un regard de Dieu, auprès duquel toutes les faveurs royales ou populaires sont moins qu'une goutte d'eau devant l'immensité des mers.

PREMIÈRE LETTRE

A UN DÉCOURAGÉ

Dieu n'efface que pour écrire.

MON CHER AMI,

Tous les deux, nous avons suivi le deuil du roi, confondant nos larmes et nos prières; nous nous sommes agenouillés ensemble au pied de l'autel où le service funèbre se célébrait. Puis je me suis relevé et vous ai regardé.

Vous m'avez semblé abattu comme ceux qui perdent tout, même l'espérance. Votre douleur oubliait-elle donc Celui dont elle est la messagère sacrée, Celui qui tire incessamment le bien du mal et la vie de la mort?

Vous m'avez dit que la monarchie chrétienne avait vécu, et que la Révolution était définitivement victorieuse. D'autres, chancelants peut-être, s'écriaient que l'axe du monde allait changer. Quelques-uns ont laissé entendre qu'il n'y avait plus rien à désirer ou à faire pour la France, et le dernier mot du désespoir a été, m'a-t-on dit, que l'essor des œuvres de défense chrétienne devait se ralentir. Un jour prochain, je le sais, les élans rajeunis de leur zèle et de leur charité protesteront contre la défaillance de la première heure ; il y a là toutefois un symptôme à combattre et une sorte de maladie morale à guérir.

C'est à tous ces vaincus de la tristesse qu'en vous écrivant, mon cher ami, je répondrai. Au dedans d'eux-mêmes, ils entendent, à coup sûr, une voix qui leur crie : « Pourquoi craignez-vous, hommes de peu de foi ? » C'est la voix d'en haut et de la conscience. Ce sera la vraie parole de salut.

Pour moi, simple passager de ce monde, faible et fragile comme eux et comme vous, je ne puis que donner les motifs humains de relever la tête ; je vous dirai : courage ! Dieu n'est pas mort ni la France. Tous les deux vous convient à vivre et à lutter.

Oui ! notre perte est grande. Je comprends et je partage votre affliction.

La mort du Roi en exil, avant d'avoir régné, pour tous ceux qui l'ont aimé, — je suis du nombre —

est une blessure au cœur. Il eût été si heureux de travailler royalement au bien de sa patrie, et nous l'aurions été tant nous-mêmes de le voir accomplir cette grande œuvre !

Puis, cet arrêt sans appel tombé des hauteurs du ciel sur ce prince si souvent nommé l'enfant du miracle, en faveur de qui tant de supplications furent adressées par les hommes à Dieu pour le réaliser, a été pour des âmes ardentes et fidèles quelque chose de plus qu'une douleur ; elles avaient vécu dans de grandes années d'attente, avec une idée qu'elles ne pouvaient s'avouer à elles-mêmes, mais que les grandes lignes de leur conduite implicitement renfermaient : l'immortalité du Comte de Chambord.

L'immortalité !... Jusqu'à la dernière heure, ils ont cru à un miracle, et, mieux que Louis XVI à l'entourage consterné de son lit de mort, Henri V aurait pu dire : m'avez-vous cru immortel?

Ce mirage devait conduire ceux qu'il abusait à une cruelle et accablante désillusion.

Non ! Dieu n'est pas mort, parce qu'une de ses plus nobles créatures a quitté les combats de la terre pour remonter à lui, et Dieu vivant, mon cher ami, tout demeure vivant.

C'est de Dieu seul que viennent aujourd'hui, que venaient hier et que viendront demain toute justice

et toute vérité, la gloire, la force et la vie. Dieu
seul avait donné à votre idéal bien-aimé tout ce
qu'il avait de fier et de magnanime. Il peut verser
tous les dons de sagesse et de résolution à l'heure
opportune dans l'intelligence de celui qui doit le
remplacer. Il faut croire cela, ou ne plus croire au
Créateur.

Voilà pourquoi, mon ami, si vous pleuriez la
monarchie chrétienne comme éteinte avec la vie de
son représentant d'hier, votre douleur n'aurait pas
l'esprit de Dieu; et si vous proclamiez sur le tombeau d'un homme la victoire définitive de la Révolution, vous cesseriez, contre votre gré, de proclamer le Christ vainqueur définitif; et quand vous
parlez de l'axe du monde qui change, vous oubliez
que l'axe du monde, c'est Dieu, et que ni la terre ni
l'enfer ne peuvent le faire dévier d'une ligne. Encore
un coup, Dieu vivant, tout demeure vivant.

Sans doute, c'eût été un beau spectacle, et je
l'aurais comme vous admiré, de voir un peuple
entier acclamer le principe royal sur la même tête
dont un vent populaire l'avait fait tomber. Le roi
n'eût-il régné qu'un jour, ce jour eût semblé
réparer tout le passé, et commander à de longs
avenirs. Mais c'était là le rêve humain. Dieu a-t-il
besoin de cet appareil, semblable à un coup de
théâtre, et de ce triomphe éblouissant, pour relever

une patrie? N'est-il pas le maître, aujourd'hui comme hier, des destinées françaises?

Allons plus avant, mon cher ami. Vous êtes trop correct dans vos croyances pour accuser Dieu, mais vous accusez parfois avec amertume les hommes que vous n'aimez pas, d'avoir été un obstacle à la restauration royale! êtes-vous bien sûr de n'avoir vous-même, à cet endroit, aucun péché secret? êtes-vous sûr d'avoir toujours été infaillible? êtes-vous sûr d'avoir toujours voulu purement, simplement, avec une droiture absolue d'intention, et un sacrifice absolu de vos préférences et de vos idées propres, la solution la plus utile au bien public et la plus conforme aux principes? N'avez-vous jamais mis la passion à la place de la justice, et votre idéal à la place de la Vérité?

Et aujourd'hui, croyez-vous que le Comte de Chambord, s'il pouvait vous donner un conseil du haut de l'immortalité vraie où sa vertu l'a porté, approuvât votre politique de la désespérance? Le théoricien qui a été jusqu'en Espagne chercher un roi de France a cru pouvoir dire un jour qu'il ne fallait pas faire parler les morts. Mais y a-t-il songé? défendre aux morts de parler aux vivants, et aux vivants d'écouter les morts! mais c'est la rupture avec la tradition des ancêtres et la loi fondamentale de l'humanité. Que de fois l'on fait appel aux grandes ombres de Charlemagne, de saint Louis, de Henri IV? Si on fixait davantage le regard sur elles, et si on prêtait mieux l'oreille à leurs voix, est-ce l'honneur national qui s'en plaindrait? et l'on resterait sourd aux leçons qui se dégagent des actes d'Henri V! et l'on s'endormirait avec lui dans la tombe où il est couché !

Croyez-vous donc que la fidélité suprême du bataillon sacré de la royauté française doive être pareille au sacrifice des veuves indiennes se livrant à la mort sur le tombeau de leur époux?

Non ! mille fois non ! Ce n'est point pour ces manifestations stériles que Dieu vous a donné une âme capable de dévouement et de labeur. Relevez-vous !

Et la France, la croyez-vous morte? Pensez-vous qu'il faille l'ensevelir dans le linceul d'un homme? Et si elle vit, est-ce que vous ne sentez plus votre cœur battre au nom de la patrie? Ah ! votre cœur se soulève et bondit dans votre poitrine à ce soupçon. Tous les actes de votre vie se lèvent aussi pour protester contre la calomnie. Vous avez affirmé cent fois votre amour pour la France par quelque chose qui est bien au-dessus des paroles et des hymnes patriotiques. Vous lui avez donné des soldats, des juges, des prêtres, des moines, des apôtres, des sœurs de charité. Vous avez versé votre

or à pleines mains pour payer la rançon de son
âme et la sauver des écoles sans Dieu. Vous avez
semé sur son sol les églises, les écoles, les orphe-
linats, les salles d'asile. Vos femmes et vos enfants
ont visité et consolé des milliers de malades, pansé
les innombrables blessures des âmes et des corps
souffrants. La grande armée de la charité catholique
vous a vus toujours au premier rang.

Vous n'êtes pas les seuls. Tous les ouvriers de la
régénération sociale ne portaient point votre drapeau.
La France, depuis cinquante ans, malgré les assauts
que la révolution lui livre et les défaites qu'elle y a
subies, la France chrétienne, à travers les hasards
de ses destinées, ses revers, ses gouvernements
illégitimes, coupables ou honteux, accomplit des
œuvres qui sont sa gloire et son titre aux clémences
divines.

La Propagation de la foi ; la société de Saint-
Vincent-de-Paul ; les Petites-Sœurs des Pauvres ; les
cercles catholiques ; les patronages des jeunes filles,
des soldats, des apprentis, des prisonniers, des
libérés et tant d'autres ; la renaissance des collèges
des jésuites ; la résurrection des facultés chrétiennes ;
les écoles catholiques et libres renaissant de toutes
parts en face des écoles communales laïcisées ;
les affirmations de la doctrine intégrale et du règne
du Christ dans des réunions laïques et des assem-

blées délibérantes, comme les siècles précédents n'en avaient pas vu ; des pèlerinages en phalange serrée sur tous les points du pays où a passé la vertu de Dieu ; au pied des Pyrénées, l'éternel sourire de la Mère du Sauveur du monde, le miracle en permanence et la prière sonore montant plus haut que les outrages des insulteurs ; le temple prophétisé, il y a deux siècles, par la Vierge de Paray-le-Monial, s'élevant sur la plus haute colline de Paris par l'or de tous les croyants et le vote d'une Assemblée nationale ; la croix dominant de toute sa hauteur la capitale des orgies, des blasphèmes et des erreurs modernes : regardez ! est-ce la mort ? est-ce la vie ?

Et, pendant ce temps, je ne sais quelle force invisible et comme irrésistible pousse la France, même sous le joug des athées, à propager au dehors le règne du vrai Dieu. La croix s'avance à Tunis ; un évêque, successeur de saint Augustin, est officiellement établi, et un autel dressé sur la tombe de saint Louis. Si nous ouvrons les fleuves chinois, quelle que soit la pensée de ceux qui les ouvrent, l'Evangile y passera : le sang des missionnaires, avant celui des soldats, a frayé la route. Ces conquérants qui partent, le bréviaire à la main, pour donner à Jésus-Christ les îles du grand océan, ce sont des religieux expulsés du sanctuaire d'Issoudun. Ces

moines qui soignent les lépreux dans l'Equateur
où s'aventurent dans les savanes, ce sont ceux que
le sol de la France a proscrits, mais qui sont
Français quand même, et rachètent ses fautes par
leurs héroïques vertus. Ces immortels soldats de la
Compagnie de Jésus qui élèvent la jeunesse catholique d'Angleterre ou forment en Espagne les jeunes
légions de héros à venir, ce sont les exilés qu'on
a jetés dans la rue, mais qui ont emporté avec eux
et gardent dans leur cœur l'amour indestructible
de leur ingrate patrie. Ces frères de l'école chrétienne, expulsés par les édiles de nos cités, s'en vont
en Amérique ou en Asie faire encore bénir le nom
français, et mêler la langue française à la langue
immortelle de l'Eglise dans la marche interrompue
de l'Evangile sur le globe ! Quoi ! toutes ces grandes
œuvres réalisées sous tous les soleils, et tout le
bien opéré dans l'ombre par des mains françaises
que Dieu seul connaît, tout cela s'en irait en fumée !
La fille aînée de l'Eglise à jamais serait déshéritée,
parce qu'un de ses fils , un homme qui devait
mourir, est mort !

Et la royauté elle-même, qui fut si longtemps
le levier de la puissance française, la royauté qui
demeure le fond des aspirations du pays, pendant
le siècle d'aventure que nous finissons, est-ce
qu'elle est morte avec son représentant d'un jour !

Clovis est mort, la France qui venait de naître a progressé dans la vie. Saint Louis est mort, la France a survécu. Henri IV, Louis XIV sont morts, la France vit toujours. Et sur la tombe d'Henri V, vous diriez : La monarchie française est morte ou n'est plus rien pour moi !

Non ! vous ne pouvez abdiquer à ce point vos convictions royalistes. Elles étaient si fermes ! Un souffle, fut-ce le vent qui vient de la tombe, ne les fera pas plier.

Ce n'est ni à la république ni à l'empire que vous vous rallierez. Vous descendrez moins encore au scepticisme politique. Ce serait la répudiation complète de votre passé.

Non ! vous ne laisserez pas croire que vous n'avez plus de goût à préparer l'avenir du bien, parce que l'homme chargé de le réaliser aura changé. Car alors ce n'eût pas été le bien lui-même, mais l'homme qui vous tenait au cœur. Dans une mesure, cela se comprendrait. Il est chez vous d'indéfinissables sentiments et la délicatesse y occupe certainement la plus grande part. Mais vous ne pourriez plus invoquer les principes comme la règle dominatrice de votre vie. Déclarer nettement que l'on ne travaillera pas à la restauration monarchique avec le même *dévouement* (il n'est pas question ici de plaisir sensible) sous le chef nouveau que sous le

chef perdu. Ce serait dire : ce n'était ni la patrie, ni
Dieu qui avait la première place dans les sacrifices.

Je vous entends, mon cher ami. Ce n'est pas seulement un homme que vous pleurez, dites-vous, c'est
tout un ordre d'idées que vous croyez mort avec lui.
Lequel ? Dans tous les cas, il était bien fragile, s'il
ne tenait qu'à un homme ; c'était bien peu de
chose qu'un homme pour l'imposer à un peuple, à
un siècle, et au monde. Mais prenons les choses sous
les mots. Montrez-nous à découvert la vraie physionomie du programme dont ce règne vous promettait
l'accomplissement. Car il serait puéril, convenez-en,
de le voiler d'un drapeau blanc et de dire, en montrant ce signe : Tout était là !

Vous avez dit, maintes fois, dans vos discours,
dans vos journaux, et ce fut confirmé par les paroles
mêmes du prince, notre espoir, qu'il voulait
avec une pleine sincérité l'égalité civile et le régime
représentatif. Il a proclamé la liberté de conscience
sans même distinguer le fait du principe, et le
suffrage universel sans autre réserve que l'honnêteté
dans la pratique — ce qui est beaucoup, sans doute,
mais pas assez, en face des théories du jour sur son
niveau égalitaire et son omnipotence. Il est donc
entré bien avant et bien au large dans les institutions
modernes. D'une loyauté absolue comme on sait, il
eût tenu parole.

Qu'est-ce donc que vous attendiez de lui ? — Ce n'est point, à coup sûr, tout cela posé, le moindre des retours à l'ancien régime. De tels soupçons n'ont plus ni sens, ni cours. Ne serait-ce point un certain mépris des assemblées délibérantes, plus accusé dans votre cœur assurément que dans le sien, et que vous espériez lui faire partager?

Certes, on peut avoir pour les parlements un goût plus ou moins vif. Je conviens sans peine que ceux dont le suffrage universel, à l'état brut, comme aujourd'hui, nous gratifie depuis quelques années, ne sont point faits pour développer ce goût. Je reconnais aussi que la *souveraineté parlementaire* est un absolutisme comme un autre, plus périlleux que d'autres. Mais une constitution n'a point nécessairement pour caractère de donner la souveraineté aux parlements.

En fait, de nos jours, il n'est pas une monarchie chrétienne, si ce n'est la royauté pontificale, — laquelle est toujours de soi un régime exceptionnel — il n'est pas une monarchie chrétienne et civilisée qui puisse s'établir et vivre sans parlement et sans constitution. Le czarisme est à moitié asiatique et barbare, et va d'ailleurs se transformer.

En théorie, la forme parlementaire, en dépit de tous les dédains ou des enthousiasmes n'est pas la *Révolution.* J'affirme, et si vous avez la patience de

lire les lettres suivantes, j'espère vous montrer que
le gouvernement royal, non point annihilé, mais
tempéré par un juste équilibre des pouvoirs publics,
est plus conforme à la tradition des grands docteurs
catholiques que le pouvoir absolu dont les monarchies occidentales de l'Europe se sont, *depuis l'invasion du protestantisme*, plus ou moins imprégnées.
J'affirme et j'espère prouver qu'un régime constitutionnel peut être franchement chrétien. Ne voyons-
nous pas une République, assurément la forme la
plus défectueuse de ce régime, non seulement répudier tout principe révolutionnaire, mais encore
proclamer une consécration au Sacré-Cœur, devant
laquelle reculeraient beaucoup de nos catholiques
les plus résolus?

Il est vrai que pour toucher le sol — peu solide,
au surplus, mais par d'autres motifs, — de cette
République merveilleuse, il faut traverser l'Atlan-
tique. Et nous en connaissons une autre qui a juré
d'arracher de l'âme française toute croyance à Dieu,
à l'âme, à l'immortalité. Je le sais, mais prenez
garde! Ce serait pour vous, si vous succombiez à la
tentation du découragement, une sévère condamnation.

Ne voyez-vous que c'est ce régime mauvais que
vous serviriez par votre désespoir, par l'inertie et
l'hostilité sourde au prince légitime qui en seraient

la suite? Ne voyez-vous pas qu'avec les chercheurs
des rois en Espagne vous seriez l'espérance des
républicains sectaires et des napoléoniens incorrigibles? Comme ils exploitent, comme ils dénaturent,
comme ils exagèrent cette tentative avortée de divi-
sion! Comme ils en sont heureux! Regardez d'où
partent les sourires excitateurs! Ce n'est pas de
Rome catholique, c'est du camp de la Révolution.

Croyez-moi, bien cher ami, ce rôle d'Achille sous
la tente, en face du roi de la royauté traditionnelle,
ne doit pas être le vôtre. Il vous ferait le complice
involontaire des pires ennemis de vous-même, de
la France et de Dieu. Depuis longtemps je vous
connais. Vous valez mieux que cela. Surtout vous
ne prêterez jamais l'oreille à l'ange de la haine. Si,
par malheur, il en était parmi vous que visitât ce
triste tentateur, je leur dirais :

Il y a huit ans, lorsque le nom de Dieu fut inscrit
dans la constitution française, ce nom adorable et
terrible que les passions impies y effaçaient hier,
et devant lequel le grand chef révolutionnaire est
tombé foudroyé en y portant, le premier, la main,
comme avertissement pour les autres; il se trouva
dans la droite de l'Assemblée nationale, un homme,
un seul qui, en dépit de toutes les instances, refusa
son vote à cet acte de foi. Il s'écria qu'il ne voulait
à aucun prix être pour rien dans la constitution,

ni qu'elle eût quelque chose de bon. A peu de temps
de là, il prenait lui-même, dans l'organisation des
pouvoirs publics de la même constitution, une place
considérable et mourait sans l'avoir occupée. Ce
n'était, certes pas, un vil intérêt ; c'était la passion
qui était entrée dans son cœur.

Le vôtre, mon ami, est inaccessiblé aux sentiments haineux ; mais peut-être vous êtes-vous bercé
du rêve des sauveurs. Vous avez cru qu'il fallait, à
tout prix, un sauveur à la France, et qu'Henri de
France était le prédestiné. D'autres avaient cru à un
Napoléon ; d'autres descendaient plus bas. Votre idéal
était le plus beau, j'aime à le proclamer ; mais c'était
encore attribuer le salut à un homme. Or, ce ne
sont pas les hommes qui sauvent. Il n'est qu'un seul
et unique libérateur, même pour l'ordre temporel :
c'est Jésus-Christ, parce qu'il est Dieu. Et l'on dirait
vraiment qu'en faisant évanouir l'une après l'autre
toutes les figures de sauveur, la Providence ait voulu
faire sentir à la France cette vérité écrite, il y a dix-
huit siècles, dans les pages du livre qui ne passe pas :
*Cherchez premièrement le règne de Dieu et sa
justice, et tout le reste viendra par surcroît.*

Voilà le grand secret du relèvement des peuples,
comme la vraie source de tous les progrès moraux
accomplis depuis l'Evangile. Parfois, en présence de
tant d'efforts des conservateurs pour délivrer la

France des mains de la Révolution, on cherche la cause cachée de leur stérilité. Ne serait-ce point parce que l'on n'a ni assez entendu, ni assez pratiqué cet oracle du Rédempteur ? C'est à lui pourtant qu'il faut en venir. Ce n'est pas le règne des rois qui est le but, c'est le règne de la justice et de la vérité. Or, cela est possible aujourd'hui comme hier. Voilà pourquoi rien n'est perdu.

Quelqu'un de nos amis dira peut-être : c'est de l'optimisme et de l'enthousiasme. De l'optimisme ? Oh ! non ! dans la prochaine lettre que j'adresserai à l'optimiste, vous le verrez bien. De l'enthousiasme ?... Oui ! c'est de l'enthousiasme, si vous le voulez : non pour un homme ni pour une cause humaine ; c'est l'enthousiasme pour Dieu seul, sa puissance infinie, sa miséricorde inépuisable et partant inépuisée pour la France : l'enthousiasme de la vie contre la mort, de la vérité éternelle contre les fanatismes qui passent, les courants populaires et les deuils qui engourdissent les âmes. C'est l'enthousiasme d'une confiance indestructible dans la vitalité française, contre la prostration de ceux qui semblent mener ses funérailles.

Si jamais, mon cher ami, vous sentiez l'ombre d'une pensée pareille passer comme un nuage sur votre âme, gravissez le mont des Martyrs où dort la cendre des vrais fondateurs de la patrie. Parvenu au sommet, regardez d'un côté Notre-Dame, de l'autre Saint-Denis, puis, si vous le voulez, comme un enseignement des derniers périls, le mont Valérien ; puis descendez les degrés de la crypte qui plonge dans les flancs du mont, fléchissez les genoux, et méditez une heure sur les origines et les destinées du pays qui porte le grand nom de France.

Sa mère selon la nature, c'est la vieille Gaule, la nation par excellence de la parole et de la guerre, et déjà, du temps du paganisme, d'un tel respect pour ses prêtres que saint Thomas y voit la prophétie de son futur dévouement au sacerdoce catholique.

Son père, c'est le peuple franc avec sa puissance d'unité, son ressort d'expansion, sa loi superbe d'hérédité virile. — Et de la chair et du sang de ces deux peuples mêlés et transformés par le christianisme, il s'en est fait un autre qui joint la loyauté chevaleresque et l'ascendant moral du père à tous les dons du génie maternel.

Sa mère selon la grâce, c'est l'Eglise, immortelle épouse du Christ. Le Christ lui-même est son fondateur et son roi souverain. Avec quelle tendresse il a préparé son âme et formé son berceau, l'histoire vous le crie par ses mille voix.

Il envoie sur ses rives, dans son unité complète et mystérieuse, la famille qu'il a tant aimée.

Lazare le ressuscité porte à la France, dans son premier baptême, l'amitié d'un Dieu, le souffle de l'apostolat et le don de revivre jusque dans la mort.

Marthe lui donne l'activité infatigable ; Marie, la pensée et l'amour.

Aussi, lorsque le sang des martyrs a coulé sur son sol pour féconder le germe de ces grandes choses, la France sort toute rayonnante sous l'éclair d'un miracle et d'un acte de foi sur un champ de bataille. Elle apparaît comme le peuple destiné à développer ce germe à travers les âges et à répandre de toutes parts les fleurs et les fruits de l'arbre civilisateur.

La politique et la science, les lettres et les arts, la foi et la charité, tous les prestiges de la guerre et tous les travaux de la paix l'ont ceinte d'une auréole dont nul revers n'a pu la dépouiller.

Clovis, Charles Martel, Robert-le-Fort, trois héros, sont les souches de ses trois races.

La première constitue la France, du Rhin aux Pyrénées, sur des bases mobiles, mais indestructibles.

La seconde repousse l'invasion sarrazine, allume comme un météore précurseur le flambeau des lois de la philosophie, de l'étude, et fonde la liberté de l'Eglise et du monde chrétien, par la couronne du pape-roi.

La troisième race, depuis 800 ans, tout en traçant

la carte française avec son épée, la plonge au cœur
de l'Allemagne pour défendre l'indépendance
nationale, la porte en Egypte et à Jérusalem, en
laissant une trace que le pas de six siècles et la
poussière des défaillances contemporaines n'ont pu
effacer, étend ses colonies sous le soleil des deux
mondes, et verse autour d'elle tous les rayons du
génie français. Durant huit siècles, la vie royale
s'identifie avec la vie nationale, de telle sorte que
l'une grandit ou baisse avec l'autre, mais que,
réduites même à la place de Bourges, la nation, la
royauté, formant avec le roi un tout indivisible, gardent intacts l'honneur et le gage des revanches de
l'avenir. Durant les quatorze siècles de sa vie, sous
ses trois dynasties, jamais un prince infidèle, jamais
un prince étranger. Et j'ose vous le dire, à travers
les faiblesses humaines, jamais un roi tyran. C'est là
un triple honneur qu'aucun peuple ne lui disputera
et ne lui ravira jamais.

Le temps le plus dur de son histoire, n'est plus,
sous le nom de guerre de Cent-Ans, qu'un lointain
souvenir. Or, il y a trop d'années que la Révolution,
pire que l'étranger du quatorzième siècle, s'acharne,
à travers d'éphémères conquêtes et d'incomplets
redressements, à nous ravir, l'une après l'autre, nos
croyances, nos vertus, nos gloires et nos forces
vitales. Malheur à qui se laisse abattre par ces

attaques, ou par sa propre douleur ! Le devoir de
tous est de servir la France, quelles que soient ses
épreuves, en combattant sans relâche et sous tous
les régimes l'éternel ennemi du règne de la croix.
Si nous, si nos fils, si tous ceux qui s'appellent conservateurs, savent comprendre et faire tout leur
devoir, un jour, la Révolution vaincue ne sera plus
que le souvenir d'une immense épreuve. Elle portera
dans les annales futures le nom de : guerre civile
d'un siècle, de deux siècles peut-être. Mais la France,
victorieuse de son implacable ennemie, retrouvera
sa vigueur native et une floraison nouvelle de jeunesse, là où jadis elle les puisa : dans sa fidélité à
la foi et à la loi du Christ.

Vous ne voulez pour rien au monde, mon cher
ami, dans cette guerre gigantesque de l'indépendance
chrétienne, avoir été, pas même une heure et sous
aucun prétexte, un déserteur : votre passé répond
de votre avenir. Rejetez donc loin de vous le manteau
de plomb du désespoir ; à l'œuvre, comme toujours
les premiers sur la brèche ! Ceux qui font le plus
de sacrifices demeurent toujours les plus grands.

·

DEUXIÈME LETTRE

———

A UN OPTIMISTE

Monsieur,

C'est à un découragé que j'écrivais naguère, et le
vrai mot de ma lettre était : *Rien n'est perdu.*

C'est à vous, mon cher optimiste, qu'aujourd'hui
je m'adresse. Le mot de ces nouvelles pages sera :
Rien n'est sauvé.

Vous semblez dédaigner les obstacles, et poussez
déjà un cri de victoire.

Vous voyez briller pour la France, une ère de
résurrection sous le sceptre d'un roi. Ce roi est tout
à la fois autoritaire et libéral, catholique et dévoué

aux idées modernes ; l'intelligence et l'honnêteté publiques saluent cette aurore, et pour vous le soleil est levé.

Eh bien ! mon cher ami, souffrez que je n'aille ni si vite, ni si loin dans mes espérances.

I

Rien n'est sauvé ; d'abord parce que la restauration monarchique n'est pas faite : loin de là !

Si elle a un prestige de moins, — le diadème ne pouvant plus ceindre le front qui en fut dépouillé jadis, — elle a une facilité de plus — le cercle des adhérents se trouvant plus large. Je sais cela.

La peur des républicains et des jérômistes a son éloquence : je vous l'accorde.

Je vous accorde bien davantage.

La persécution religieuse, la violation des droits de la famille, l'appauvrissement du pays, la curée des places, la presse débordant d'immoralités, l'abaissement de l'honneur national : toutes ces infamies et d'autres encore font de la république un marais si fangeux que les âmes aspirant à l'air libre et pur s'en détournent avec dégoût.

Les Français, pour qui le mot de patrie est autre
chose qu'une sonorité de la parole, aiment à voir,
d'avance, dans la monarchie restaurée :

La réparation des injustices et des scandales
publics;

La France délivrée du rôle de lépreux d'Europe
où, plus que nos revers, l'impéritie et la grossièreté
républicaines l'ont fait descendre, reprenant son
rang parmi les puissances de premier ordre ;

De hautes et fermes alliances;

Des princes pour faire face à des princes, et pour
placer au front de nos armées ;

Un essor de confiance assez puissant pour provoquer le travail, commander à la fortune et féconder
pour l'avenir tous les germes de la prospérité
publique;

Un relèvement d'honneur, et un droit aux respects
du monde que l'or prodigué pour libérer le territoire n'a pas su conquérir.

Les hommes de tradition pour qui l'autorité est la
première condition de l'ordre, attendent la royauté,
comme la clef de voûte de l'édifice politique, et le
roi comme le ressort générateur de la discipline
et de la hiérarchie sociale.

Ceux qui aiment la liberté vraie, aspirent à un
régime pondérateur des pouvoirs qui n'ait pas besoin
de coups de force pour s'imposer, de menaces pour

durer, où le droit soit respecté, où chacun soit sûr
de vivre et de dormir en paix, même en portant un
froc, sans craindre l'irruption nocturne des malfai-
teurs officiels.

Ceux qui ont le sentiment de l'honneur appellent
de leurs vœux l'honnête homme qui balayera les
étables d'Augias gouvernementales.

La conscience publique est semblable à une coupe
où l'indignation a monté peu à peu jusqu'à toucher
les bords. La goutte d'eau qui fera déborder le vase,
demain peut-être, va tomber.

Je sais tout cela.

Je sais aussi que les déclamations vieillies contre
l'ancien régime tombent désormais dans le vide, et
que la question que l'on soulevait comme un épouvantail est morte à jamais avec le drapeau qui garde
la glorieuse tombe d'Henri V.

Je sais enfin que la république n'épargne rien pour
donner des armes au pouvoir qui lui succèdera.
Toutes ont fraîchement servi ; aucune n'est rouillée.
On dirait que d'avance on a voulu prêter main-forte
aux représailles. A Dieu ne plaise que la royauté puise
au fond de ce hideux arsenal ! Mais les maîtres du
jour ont pris à tâche de justifier tous les coups d'autorité.

Oui, tout cela est absolument vrai.

Vue de haut et de loin ; telle apparaît la situation politique. Par la voix des vieux républicains convertis, ou par le retentissement des antiques professions de foi royalistes, le cri de : Vive le roi ! va de cime en cime, sur les hauteurs de l'opinion publique.

Mais, pensez-vous, cher ami, que cet ébranlement si vif dans les régions élevées de la société française pénètre dans les couches profondes, et que la multitude suive l'élan de l'aristocratie pensante ?

Etes-vous sûr qu'elle ressente autant que vous les blessures faites à la foi et à la liberté ?

Etes-vous sûr que la fièvre républicaine ait épuisé son accès, et que l'ivresse d'indépendance par laquelle, sous l'étiquette de ce régime, chacun s'estime souverain, soit déjà tombée ?

Ignorez-vous que les républicains irréconciliables, plus instruits que leurs devanciers des retours de fortune, occupent tous les postes et commandent tous les feux de la citadelle ? qu'ils défendront la place, et surtout les places, avec un acharnement d'autant plus désespéré que, cette fois, s'ils succombent, c'est sans retour ?

Et la capitale, opportuniste ou radicale, républicaine toujours, qu'en faites-vous dans vos calculs ?

Ne craignez-vous pas qu'avant le fait accompli, les bataillons monarchiques nouvellement formés et

accourus si vite de tous les points de l'horizon ne
s'attiédissent et ne se désagrègent? Que des opposi-
tions d'idées et d'intérêts, à cette heure voilées, ne
se découvrent et ne brisent trop tôt une cohésion
d'autant plus nécessaire que la lutte sera plus
ardente?

Croyez-vous que l'inévitable coalition des anarchistes, des radicaux et des francs-maçons bourgeois
contre la *monarchie chrétienne* soit facile à rompre?
Voyez-vous ces monarques contemporains ne se maintenant sur le trône, en Europe, que par la grâce de
la révolution dont ils servent les vues? Or ni vous,
ni moi, ne voulons de cette investiture pour le roi de
France. Nous ne voulons que la *grâce de Dieu et la
volonté nationale.* Mais nous les voulons fermement.
Nous les voulons l'une au-dessus de l'autre, et en
pleine harmonie. Si l'on supprime la seconde moitié
de la formule, ce ne serait plus aujourd'hui la
monarchie populaire. Si l'on enlève sa première et
sa plus belle part, ce n'est plus la monarchie chrétienne. Or, toute autre monarchie serait une fausse
image du salut national.

Voilà, mon cher ami, déjà quelques ombres au
tableau que le prisme de votre imagination colore
de tant d'espérances!

Et puis, comment toucher le but? Quel est le

mode d'action ? Où est le levier ? le point d'appui ? la force motrice ?

Nous ne fûmes jamais de l'école du miracle obligatoire. Dieu peut en accomplir quand il lui plaît, pas un catholique ne le nie. Mais il demeure libre de l'opérer, et les surprises douloureuses de ceux qui ont passé cinquante années à l'attendre ne sont pas faites pour attirer les hommes à la doctrine de l'illuminisme.

Comptez-vous sur un triomphe de la logique ? Mais, une fois les mauvais principes posés, la logique ne mène qu'à l'extrémité du mal. Lorsque, du mal, on voit sortir le bien, ce n'est point par une loi de nature, c'est par la vertu d'une intervention directe providentielle.

Espérez-vous dans l'imprévu ? Mais si ce n'est pas la Providence, ce n'est plus que le hasard. Le miracle au moins suppose la foi. Le hasard, c'est tout simplement le dieu des joueurs. Or, nous ne voulons pas de ce faux dieu pour les destinées de la patrie.

Attendez-vous une révision légale de la constitution ? Sans doute, un vent de révision se lève ; mais dans un sens qui n'est point le nôtre. Ni le Sénat, ni la Chambre ne voteraient aujourd'hui séparément la monarchie. Réunis en congrès, bien moins assurément.

Vous voyez comme dans un mirage, mon ami, un

vote patriotique, pacifique et inspiré, qui mettrait la
main de l'amiral Jaurès dans la main de M. Lucien
Brun et la parole de M. Léon Say d'accord avec celle
de M. le comte de Mun. Cela un jour se verra,
peut-être, et c'est un beau rêve d'avenir ; mais
aujourd'hui, à quel prix cette merveilleuse entente?

Qui écrira le programme?

Qui fera la constitution ?

Un éclair de lumière projeté tout à coup sur le
chemin de l'abîme vers lequel nous marchons ? Le
coup de foudre de Damas ? Toujours le miracle.
Rien ne l'annonce.

L'instinct du salut venant un jour de l'excès du
mal accompli ? Quoi donc ! Une ruine financière
immense, un désastre nouveau de nos armes? A
Dieu ne plaise ! L'excès du mal, d'ailleurs, ne guérit
pas. Nous l'avons vu. Il engendre la peur, mais la
peur passe, et les fausses conversions d'un jour,
nées de ce sentiment stérile et bas, meurent avec
lui. L'âme n'est pas atteinte dans ses profondeurs,
et c'est l'âme qu'il faut régénérer. C'est l'âme qui
fait la vie.

Le désordre moral, qui est la cause de la décadence française, est une erreur politique, sans doute,
mais elle est bien autre chose encore qu'une erreur
politique. Voilà pourquoi, si l'on veut sincèrement

le bien du pays, on n'a pas seulement la République à chasser, c'est surtout la Révolution qu'il faut combattre, vaincre et terrasser.

II

Oui ! La Révolution, voilà l'ennemi !

Pour la centième fois, il faut le redire. Car cette vérité a beau s'écrire en ruines dans les destinées de la patrie, un vent d'oubli emporte à chaque heure les leçons que l'heure apporte. La Révolution, à travers des formes de pouvoir variables comme le caprice des hommes sans boussole, marche en France depuis deux siècles. C'est elle qui est la grande empoisonneuse de la vitalité française, parce qu'elle est l'implacable adversaire de la source de vie : le règne social du Christ qui a civilisé le monde.·

Si vous voulez comprendre notre· époque, mon cher ami, sachez bien la distinguer de ce qui n'est pas elle, et la regarder en face.

La Révolution n'est ni la transformation sociale au point de vue des conditions humaines ; elle n'est ni la mobilité des formes gouvernementales, ni l'essor des libertés publiques, ni même leur abus, ni le jeu des parlements, ni la marche de la démocratie, ni le suffrage universel, ni une émeute victorieuse, ni même la commune. Tout cela peut être son instrument d'un jour, mais dans son essence elle est bien autre chose que tous les accidents mêlés de bien et de mal qui se produisent ainsi à la surface de l'humanité.

Son caractère, toujours visible et incommunicable, qui la sépare sans confusion possible de toute évolution légitime opérée par la marche du temps, c'est la révolte sociale contre les lois du Christ et de l'Eglise. Voilà le mal immense qui nous dévore! Il remue la nature humaine à des profondeurs jusqu'ici inconnues. Saint Paul la prophétisa sous le nom d'apostasie des nations. Voilà l'hérésie radicale, après laquelle aucune. Car c'est la négation complète de l'ordre surnaturel. On peut la nommer le *naturalisme* aujourd'hui, en attendant qu'elle s'appelle un jour, si elle triomphait, le crime final du genre humain.

Telle est son essence, et voici sa marche :

Le gallicanisme fut sa préface.

Le libéralisme son premier pas.

Puis, sous des noms et des masques changeants : sécularisation, laïcisation, séparation de l'Eglise et de l'Etat, nous l'avons vu passer. Toujours identique

à elle-même, et toujours satanique dans ses voies
comme dans son but, elle travaille tantôt lentement
et sûrement comme le veulent ses sages, tantôt à
coups de colère comme ses violents l'exigent :
opportuniste ou radicale, anarchiste ou autoritaire,
selon les heures, mais sans trêve et sans merci,
avec une haine et un génie au-dessus de l'homme.
Tous les moyens lui sont bons, ceux qui s'avouent et
ceux qui ne s'avouent pas. Elle a seulement un
goût spécial pour ceux qui déshonorent, parole,
presse, action, soulèvement populaire ou dictature,
conventions ou Parlements en deux Chambres, mensonge ou cynique franchise, hypocrisie ou brutalité :
Elle met tout en œuvre pour chasser par degrés
des lois, des mœurs et des âmes celui qui seul a le
droit d'y régner en maître. Je viens d'écrire le vrai
nom de la Révolution : *La Révolte.* Cette immortelle vaincue de la justice divine se venge de son
écrasement par des victoires sur l'humanité. Elle en
fait sa complice et sa victime dans sa guerre à
l'éternel vainqueur. De nos jours, elle a pris la
France pour théâtre, mais c'est l'humanité chrétienne tout entière qu'elle s'efforce de débaptiser,
or, la France débaptisée ne serait plus la France.

Eh bien, mon cher ami, cette conspiration antichrétienne et antifrançaise, aujourd'hui comme hier,
elle est là. Rien n'est changé. Demain comme

aujourd'hui, elle se dressera. Elle a dans les mains
des forces redoutables qu'il faut bien connaître. A
quoi bon le voile des illusions? Dans l'arène politique
aussi bien que dans l'arène militaire, pour un
peuple comme un homme, l'indispensable condition
de la victoire, c'est de voir l'ennemi.

La première des forces de la Révolution, c'est
une armée nombreuse, invisible et omnipotente,
conduite avec une merveilleuse discipline. Elle obéit
à un chef inconnu, dont les chefs apparents qui
semblent diriger la multitude ne sont, eux-mêmes,
que les serviles subalternes ; tous les membres de
cette congrégation rouge, liés entre eux par des
serments sinistres et mystérieux, sont d'orgueilleux
dominateurs pour ceux qu'un grade inférieur place
au-dessous, et tremblent à leur tour sous la lame
d'un poignard levé pour châtier leur infidélité.

Vous l'avez reconnue, mon ami, cette église
universelle du mal, singerie de l'Eglise de Dieu,
cette société secrète qui mine incessamment le sol
où vit et respire la société publique, elle se nomme
la franc-maçonnerie.

A l'heure où je vous écris, c'est elle et ce sont ses
adeptes qui occupent les positions officielles de la
république française.. Ils gardent les mille avenues
du pouvoir. Ils les garderont jusqu'au bout, de
toutes leurs forces, avec un fanatisme de secte et

une âpreté d'ambition personnelle bien dignes l'un
de l'autre. Tel est le vrai sens des épurations. Voilà
pourquoi ils donnent en pâture les emplois de la
république à ceux qu'ils appellent les vrais républicains. Les vrais républicains, ils le font bien
entendre, ce sont les sectaires de la maçonnerie.

Ce n'est ni l'heure ni le lieu des détails techniques
sur la secte, sa composition, son origine, son plan,
son dernier mot. Il y faudrait un livre. D'autres
l'ont fait, et vous pouvez le lire. Ce qui est digne
de remarque, c'est que les généraux de cette armée
disparaissent en vain de la scène du monde. A peine
l'un est-il tombé qu'un autre apparaît.

Gambetta semble un jour l'incarnation du génie
maçonnique. Il pousse le cri de guerre. Gambetta
n'est plus, mais Ferry est là. L'esprit du mal y
a-t-il perdu ? Plus perfide, plus opiniâtre, il vise
droit au cœur de la patrie pour lui attacher le dard
empoisonné de l'instruction sans Dieu. S'il veut,
parfois, faire une halte dans la marche de la
persécution violente, il ne lâche pas une heure
la proie qu'il a saisie, je veux dire : l'âme de
l'enfance française. S'il affecte, pour tromper
les niais, une velléité inattendue de résistance au
radicalisme, c'est pour mieux consolider sous
les pas de la Révolution le terrain qu'il vient
de conquérir. S'il tombe à son tour, et ce tour

viendra, un autre surgira. Il marchera plus vite peut-être, mais il calculera toujours la dose de servitude et d'athéisme que le vieux peuple franc peut supporter sans faire sentir à l'empoisonneur la griffe du lion révolté.

L'ère semble passée où les impatients forçaient assez la dose pour provoquer un soubresaut en arrière. Parcourez ces récentes années. Elles offrent un phénomène aussi étrange que douloureux. Le mal progresse toujours, et toujours en apparence il est accepté et comme consacré par la nation. On attend, à chaque crime nouveau contre la foi et la liberté, le réveil populaire. Ce réveil n'est pas venu.

Il y a quatre ans, parurent des décrets si profondément odieux, que 500 magistrats ont brisé leur carrière plutôt que d'encourir, une heure de plus, avec un pouvoir sans respect du pays et de lui-même, l'infamie de la complicité. Ce pouvoir crocheteur a jeté dans la rue et sur tous les chemins de l'exil des hommes libres, des Français dévoués à leur patrie jusqu'à la mort, dont le seul crime était de prier, d'étudier, de travailler, de souffrir en commun, d'acquitter envers Dieu toutes les dettes de l'humanité coupable pour ceux qui ne cessent de les aggraver.

Les élections sont arrivées ; qu'elles aient lieu au nord, au midi, dans les chaudes contrées où l'imagination bouillonne, sous les cieux calmes et froids,

où la sagesse pratique est en honneur, à part de glo-
rieuses fidélités, c'est la révolution qui l'emporte et
les millions de bulletins qui sortent de l'urne en 1881
semblent des bills d'indemnité pour les proscrip-
teurs.

Après les couvents crochetés, c'est l'école athée
obligatoire qui s'ouvre. Des protestations retentissent
d'une frontière à l'autre. Les catholiques ont encore,
grâce à Dieu, la liberté de la parole ; et le Verbe
chrétien qui passe, stigmatise d'une indélébile flétris-
sure les actes oppresseurs de la conscience humaine.

Qu'arrive-t-il? Les élections au conseil général
donnent la parole au tiers de la France. Le souffle
révolutionnaire les gouverne toujours.

Après l'école athée, c'est la magistrature proscrite
et avilie. Comme on a expulsé les princes de l'armée,
de cette armée de la justice si longtemps glorieuse
et honorée, on expulse la dignité, l'indépendance
avec un tel cynisme, que les fiers caractères oubliés
dans les rangs réclament leur droit à l'expulsion ;
et les magistrats qui demeurent, rougissent devant
leurs collègues proscrits. Ce n'est pas tout. La
Chambre des députés est traitée publiquement d'infâme. Des milliers d'échos répètent l'outrage. Les
maîtres du jour, soit qu'ils siègent sur les plus
hauts degrés du pouvoir, soit qu'ils s'intitulent
simples conseillers municipaux, se renvoient l'un à

l'autre l'injure, comme s'ils étaient au-dessous du
mépris. Quelques-uns reçoivent en plein visage, à
la tribune française, les plus rudes insultes invengées. Dans les luttes électorales, les affiches que
se lancent réciproquement aux joues les candidats
républicains, sont d'infamants libelles. Qu'importent
la haine, le mépris et l'injure ? Le jour du scrutin
est venu. Au-dessus de tous plane un mot d'ordre
impérieux. Le troupeau d'esclaves se courbe comme
un seul homme. Insultés et insulteurs se donnent
la main, additionnent leurs votes, et cette monstrueuse arithmétique dresse un bilan triomphal à
l'actif de la Révolution. Voilà, cher ami, la puissance
de l'armée qu'elle commande et de la discipline
qu'elle y maintient.

Ainsi, à travers les droits qu'elle foule aux pieds,
et les protestations impuissantes qu'elle brave ; —
en dépit de la bassesse de ses serviteurs et de la
vigueur morale de ses adversaires, de persécution en
persécution, de despotisme en despotisme, de ruine
en ruine, la Révolution marche, et l'on peut ajouter
en même temps : de scrutin en scrutin, sa marche
est un défi jeté par le nombre à la Justice et à la
Vérité.

Il y a pourtant une France chrétienne, une France
honnête, une France libre qui ne veut pas mourir.
On sent battre son cœur. Sa sève refoulée de France,

circule jusqu'aux extrémités du monde. Elle vit. Par
ses soldats comme par ses apôtres, elle accomplit
des prodiges de science, d'éloquence, de courage
et de vertu. Sur le sol même de la patrie, cette
France, qui est la vraie, bâtit des écoles chrétiennes;
ce qui est mieux, elle les remplit d'élèves. Comment se fait-il que, toujours si vive et si agissante,
la France chrétienne demeure toujours la vaincue ?
D'où vient ce mystère ?

III

D'où vient ce mystère, mon cher ami ? Je vais
vous le dire : — c'est que la Révolution n'a pas
seulement une armée, elle a un instrument de
guerre aussi, un instrument formidable, et à deux
tranchants : le suffrage universel. Tel qu'il fonc-
tionne en France, il fausse absolument la pensée
nationale. Le proverbe italien appelle tout traducteur
un traître : *traduttore, traditore*. Jamais et nulle
part ce ne fut plus vrai qu'appliqué à cette institution comme organe de la conscience française.

A peine trente ans nous séparent de l'inauguration
de ce pendule moral. Déjà il s'est balancé d'un

pôle à l'autre de la sphère politique et religieuse
avec une rapidité donnant le vertige à ceux qui le
suivent dans ses oscillations.

En 1848, acclamation de la république une,
indivisible et immortelle.

En 1852, cette frêle immortalité est étouffée dans
son berceau. L'empire est proclamé. La pyramide
sociale est redressée. C'était le langage d'alors.

En 1870, un plébiscite célèbre donne à Napoléon III,
à la veille d'une guerre qui devait mutiler la France,
le blanc-seing de six millions de suffrages.

Six mois après, une assemblée issue du même
vote universel proclame la déchéance de l'empire ;
elle jette l'anathème à son dernier fidèle, avec une
colère si désordonnée qu'un homme non suspect de
tendresse pour le régime tombé, s'écria : Que
faites-vous ? — Quoi donc ! vous avez supporté
vingt ans le sceptre impérial, et vous ne pouvez
supporter un quart d'heure la vue de son
ombre !

Où donc fut la vraie pensée française ? dans
l'hosanna de 1870, ou dans l'anathème de 1871 ?

Mais, dans cette contradiction éclatante, il y avait
au moins, entre l'hosanna et l'anathème, l'épaisseur
d'un épouvantable désastre : 100,000 prisonniers
français et 500,000 Allemands foulant le sol de la
patrie.

Vous connaissez, mon cher ami, une autre contradiction ; un fait particulier, il est vrai, sur une
échelle relativement petite, mais plus extraordinaire
encore, offre un contraste à la fois plus inexplicable
et plus inattendu.

Vous rappelez-vous Toulouse, en 1867, célébrant
l'apothéose de sa sainte nationale. C'était une féérie
de magnificences, d'enthousiasme, d'unanimité
populaire dans la croyance intime, aussi bien que
dans l'affirmation jetée par des millions de flambeaux
à la voûte du firmament. Durant trois jours étince-
lants et trois nuits claires comme des jours, trois
cent mille âmes, le double de la population normale
de la ville, n'avaient qu'une parole sur les lèvres,
une pensée au cœur. Les étrangers, sans s'être
jamais vus, se saluaient comme des frères, avec des
larmes dans les yeux. Nulle police ; nul délit ; nul
revers à la médaille ; point de maison qui ne fût
une clarté. Ni la pauvreté, ni la maladie, ni le deuil
n'avaient suspendu leur cours ; mais aucune douleur
n'avait voulu jeter sur le tableau l'ombre d'une
façade obscure. Les misères morales elles-mêmes
étaient comme noyées dans l'océan lumineux de la
foi triomphante. La libre-pensée abandonnait son
empire à la femme chrétienne du foyer, et là même
où le foyer impur est indigne de son nom, l'on vit
les vierges folles célébrer l'honneur de la vierge sage.

Eh bien ! cette fête passée comme un éclair, quelques chrétiens conçurent la pensée d'en élever un monument durable sur le sol de la cité croyante, et, sou par sou, du pauvre comme du riche, des dons de 60,000 souscripteurs, la statue de Germaine fut formée. O sublimité du suffrage universel ! les édiles élus, non seulement refusèrent avec une intraitable obstination de lui donner une place au soleil; mais lorsqu'une commission municipale la lui eut donnée, les nouveaux élus ont renversé la virginale image qui se dressait sur l'azur du ciel, et l'ont jetée dans les caves de leur musée.

Toulouse est-elle chrétienne? Toulouse est-elle impie ?

Nous sommes sans cesse témoins de pareils phénomènes. Un conseil municipal laïcise l'école publique. Il s'élève à côté d'elle une école chrétienne et libre. L'école de Dieu attire et garde les neuf-dizièmes des enfants. Un dixième, sur lequel il y a des inscriptions moralement contraintes, demeure à l'école sans Dieu.

Que direz-vous de la commune? est-elle chrétienne? est-elle athée?

Ce qui est clair, très cher ami, n'est-ce pas? c'est qu'une parole qui se dément ainsi elle-même ou qui en dément une autre plus autorisée est un verbe d'erreur. On ne s'étonne plus qu'un pape, je pourrais

dire deux papes, non point *ex cathedrâ,* comme
pontifes infaillibles, mais avec leur esprit et leur
simple bon sens, ait nommé le suffrage universel
ainsi pratiqué : mensonge universel.

C'est une grande et belle chose, mon cher ami,
que d'avoir l'honneur d'interpréter à la face du
monde la pensée d'un peuple. C'est chose belle et
grande aussi, que *tous* les citoyens d'une même
patrie, de même qu'ils payent l'impôt du temps, du
travail, de l'or et du sang, aient une part, légère ou
considérable, directe ou indirecte, mais enfin aient
leur part dans l'expression de la pensée nationale,
comme dans la gestion des destinées publiques. Le
principe est bon en soi. Saint Thomas le justifie, et
en quelque sorte le glorifie, lorsqu'il fait entrer dans
l'idéal du gouvernement un élément démocratique
par lequel les gouvernants peuvent être choisis dans
tous les rangs et par le suffrage de tous.

Il faut donc qu'il existe dans le fonctionnement
actuel, et dans la machine du suffrage universel, tel
que nous le pratiquons en France, des vices bien
profonds pour dénaturer une aussi grande idée.

Le premier vice, c'est d'être direct. C'est le
moindre d'ailleurs, et celui que l'on confesse le plus
aisément. Pour ces deux raisons, je m'y étendrai peu.
Mais il devient évident pour tout homme qui donne
une heure à la réflexion, que le système direct est à

la fois absurde et *antidémocratique* : absurde, car
l'électeur ne peut bien connaître son élu ; *antidémocratique*, parce qu'au lieu de juger et de choisir
lui-même, il obéit à l'ordre des grands électeurs qui
lui expédient par la poste son devoir tout fait. Cela
même ne se déguise pas. Posez aux républicains cette
objection embarrassante de l'ignorance de l'électeur,
non seulement sur la personne du candidat, mais
encore sur presque toutes les questions posées dans
l'urne électorale, ils vous répondent bravement que
l'essence du suffrage universel consiste à faire voter
la multitude sous la direction des personnes influentes
et capables, ses patrons naturels. C'est le mot employé
— je l'ai entendu — pour voiler ce que le mot de
dirigeant a de trop dur pour le dirigé. Le vote direct
n'est au fond, *en dehors de la commune,* que le vote
aveugle sous la consigne d'une oligarchie.

Mais la forme directe, vous disais-je, est loin d'être
le principal vice du suffrage universel français. S'il
en était ainsi, les conseils municipaux seraient à peu
près corrects, — mettant à part la question politique, — au point de vue du bon sens, de la capacité,
du respect des croyances et de la droiture. Or, ce
n'est pas ainsi que vont toujours les choses ; nous
le savons.

Ce qui est plus grave que la forme directe du
vote, c'est son niveau absolument égalitaire. Pour

appeler les choses par leur vrai nom, et quels que soient les préjugés du jour, ce n'est rien de moins que le renversement du sens commun.

Quoi! traiter une nation vivante et libre comme une simple juxtaposition de molécules humaines que le vent pousse et divise à l'infini! Quelle méconnaissance de ce qui constitue la patrie! la patrie, l'unité nationale, une des plus grandes unités morales que le soleil puisse éclairer!

L'unité nationale est elle-même formée d'autres unités morales, ses organes vitaux, et le jeu vivant et harmonique de ces divers organes constitue la plénitude de la vie publique. Les assemblées délibérantes, le clergé, la magistrature, les intérêts de divers ordres, forment à leur tour comme autant d'unités distinctes, organes de vie : agriculture, industrie, commerce, travail, art et littérature. Le territoire lui-même se divise en unités morales : foyer domestique, commune, canton, département. De l'un à l'autre de tous ces organes passe un flux et reflux de sève, et comme une respiration une et universelle.

La patrie, en un mot, est un être vivant! Or ce n'est point les lois matérielles de la physique qui sont les lois maîtresses des êtres qui ont vie. Car la sève et le sang y montent contrairement à la force

de gravitation. Cela est mille fois plus vrai des êtres
moraux, intelligents et libres. Or ne voyez-vous pas,
mon cher ami, que le suffrage universel égalitaire
ne représente aucune force vive du pays, aucun sujet
déterminé, aucun principe, aucun élément essentiel,
ni le travail, ni l'intelligence, ni la famille, ni la
propriété, ni la religion ; il ne représente que l'atome
humain solitaire et sans lien social. Un cri, malgré
moi, m'échappe : C'est contre nature !

Oui ! un système où deux idiots joints à un scé-
lérat comptent plus que Newton et Pascal réunis ;
un système où le roi d'un foyer dans l'ordre, couronné d'honneur, de cheveux blancs et d'une famille
croissant sous le regard de la femme forte dans le
culte de Dieu et l'amour du pays, est l'inférieur de
deux vagabonds, qui hurlent et s'enivrent à la table
du cabaret voisin ; — un système où le ministre de
de la religion, qui soutient les empires, est l'égal du
vendeur d'impiétés qui les démolissent ; un système où ni l'âge, ni la capacité, ni les hautes fonctions remplies ne sont rien ; — où dans ses procédés
les plus corrects, les minorités sont écrasées par les
majorités ; où même à certains jours le contraire
arrive et les minorités font la loi aux majorités ;
un tel système, suivi à outrance, et sans cor-
rectif, est une école permanente d'indiscipline, de
désorganisation et d'anarchie. C'est une menace

permanente de dissolution sociale. C'est la patrie pulvérisée.

Eh bien! mon cher ami, le niveau égalitaire, si dangereux qu'il soit, n'est rien à côté de l'omnipotence sans limite que la Révolution décerne au suffrage universel. Point de garde-fou! Point de frein! Point de règle supérieure. Le suffrage universel fait seul la loi, et *la loi peut tout*. C'est bien plus que le *roi* du jour. La foule qui parle en lui ne reçoit point de sacre et ne s'engage par aucun serment : c'est plus que le roi, dis-je, *c'est le maître*, c'est le despote. Ah! c'est là surtout le vice radical du suffrage universel, tel que nous le contemplons, dans toute sa beauté, en pleine république française, en plein siècle de la civilisation moderne. Qu'il y a loin de là, grand Dieu! aux premiers principes de la vérité sociale et philosophique!

Aucun pouvoir humain n'a le droit d'être absolu.

Cet axiome indestructible de la liberté humaine se confond avec le droit éternel de la souveraineté divine.

C'est pourquoi les monarchies les plus autoritaires de la vieille république chrétienne respectaient, en quelque chose, la liberté et la dignité de leurs sujets, parce qu'elles s'inclinaient au moins devant le Roi des rois et devant l'Eglise, son interprète parmi les hommes. Ils reconnaissaient au-dessus d'eux le droit naturel et la loi révélée. La brutalité despotique de la loi moderne était chose inconnue.

Qu'importent désormais justice, droit naturel, famille, propriété, croyances? Au-dessus de toutes ces choses surannées, il est une divinité nouvelle qui s'appelle la Loi : inclinez-vous.

Mais elle consacre des iniquités flagrantes. Qu'importe? C'est la loi.

Mais elle blesse nos sentiments les plus intimes, notre foi, notre conscience. Silence ! C'est la loi.

Mais qui donc est l'auteur de la loi? Je vous l'ai dit : la moitié plus un des législateurs.

Et qui fait les législateurs? La moitié plus un des électeurs inscrits.

Et si demain elle vire de bord, cette majorité? Alors vous prendrez votre revanche. En attendant, courbez-vous et obéissez.

Telle est la loi moderne, séparée de Dieu.

Et c'est pour porter d'une façon servile un joug aussi dépourvu de raison et de cœur, qu'on a rejeté l'autorité sublime de la loi chrétienne! Quelle flagellation vengeresse infligée par la justice divine à l'homme révolté !

Vous le voyez, mon cher ami, le suffrage universel ainsi affranchi de toute règle supérieure pèse d'un

poids écrasant sur ses vaincus. L'Etat libre c'est
l'homme enchaîné. Et, en même temps, par cela
même qu'il n'a ni frein ni règle, le suffrage universel est le jouet de tous les caprices de la pensée
humaine livrée à tous les hasards. L'homme étant
porté au mal, et sentant toujours rugir en lui-même
une bête fauve domptée par la vertu du Rédempteur
et sans lui indomptable, le suffrage universel direct,
égalitaire et omnipotent, avec les complicités secrètes
des passions de ce cœur malade : orgueil, envie,
luxure, cupidité, a pour le mal une puissance
inexprimable, et cette puissance est depuis de
longues années au service de la Révolution. Deux
ou trois fois dans le cours du siècle, la société,
poussée par un instinct invincible de conservation,
a éprouvé des courants contraires et comme des
remous mystérieux vers l'ordre ; mais par le fait
même de son indépendance souveraine de toute
règle, sa pente générale est au désordre.

Il est des conservateurs qui s'en aperçoivent, et
l'on sent se lever comme un souffle de réforme.
Je ne sais si les matelots courageux qui viennent
de livrer leur voile à ce souffle naissant, oseront le
suivre jusqu'au bout, et chercher la réforme où elle
doit être ; mais, ce que j'affirme, sans craindre un
démenti de l'avenir, le voici :

Le suffrage universel, bon en soi, mais mal appliqué, sera profondément modifié dans sa forme, ou bien il entraînera la France à sa perte, ou bien lui-même il périra.

IV

Je n'ai pas tout dit encore, mon cher ami. — La Révolution n'a pas seulement une armée forte, disciplinée, à recrutement perpétuel, elle n'a pas seulement à son service l'engin merveilleux de démolition morale dont je viens d'esquisser quelques traits : elle a aussi des champs de bataille aussi favorables pour elle que dangereux pour la paix publique, il en est beaucoup. J'en signalerai que deux.

Le premier, c'est le problème à résoudre dans les rapports des conditions humaines, au point de vue du patron et de l'ouvrier.

Le second, c'est celui des convoitises communes à toutes les conditions, qui s'élancent vers toutes les formes de jouissance avec la soif insatiable et fiévreuse de la nature émancipée. L'homme est bien forcé de voir qu'il vit peu de jours, et la foi baissant, il veut, dans l'heure qui passe, exprimer tous les sucs de la vie et y condenser tous les rêves de la béatitude pour laquelle il est créé.

Les problèmes sociaux de tout temps existèrent : paupérisme — travail et capital — salaire. Mais par le rejet simultané des solutions chrétiennes sur la terre et des espérances chrétiennes au-dessus d'elle, ils se posent plus aigus que jamais et avec moins de moyens pour les résoudre. Insolubles en apparence, ils poussent alors au désespoir et à la haine des hommes les uns contre les autres. Toutes les variétés de formes purement politiques ici sont impuissantes, car pour guérir le mal, il faudrait, avant tout et partout, l'amour, le respect du droit, le sacrifice et le sens du devoir ; mais ces grandes choses ne viennent que du Christ.

Sans doute, des progrès matériels sont accomplis et s'accomplissent tous les jours depuis l'ère de la Révolution. Mais ce n'est pas d'elle qu'ils viennent, ne vous y trompez pas. La coïncidence du progrès scientifique avec la maturité lente des principes posés dans l'Evangile en sont seuls la cause.

Les trois grandes lois dont la combinaison doit régir la distribution des biens de ce monde : l'hérédité, le travail personnel, le droit de tous au nécessaire de la vie, viennent de Dieu seul, l'auteur de la société humaine. Ce qui vient de la révolte, c'est le faux droit *égalitaire* de tous *à la même somme de jouissance.* Cela n'est ni possible, ni vrai, ce n'est qu'une excitation permanente à l'envie. Voilà pourquoi toutes les œuvres de haine sont filles de la Révolution, tontes les œuvres d'amour sont filles du Christ ; pourquoi, en répudiant le règne du Christ, l'amour s'en va, la haine reste, et toutes les monarchies du monde sans la royauté du Christ, n'y feront rien.

Je vous parlais tout à l'heure des convoitises du cœur de l'homme. Voilà un autre champ de bataille de la Révolution contre la loi chrétienne qui les refoule. Elle se fait de cette aspiration indestructible et toujours inassouvie vers un bien sans mesure, qui tourmente le cœur humain, la plus redoutable de ses complices dans la guerre à Dieu.

Elle jette à l'humanité ce cri fatal qui l'a perdue dès l'origine, ce cri fait pour séduire et pour perdre toujours : Prends ce fruit, le fruit de la science du bien et du mal. Prends et dévore, *c'est toi qui seras Dieu.*

C'est toi qui seras Dieu ! Si le tentateur nous disait, comme à nos premiers pères : Tu seras Dieu dans une heure, par un seul acte de rébellion, l'humanité hausserait les épaules en montrant du doigt la chaine qui la rive à la souffrance et à la mort. Mais le Menteur a dressé un piège. — Il renferme la suprème impiété dans un mot, en

apparence inoffensif, bien plus, en soi profondément
chrétien, et lance à travers le monde, le retentissement de deux syllabes, vastes comme l'infini :
le progrès. « L'humanité sera Dieu, dit-elle, non
par grâce et dans un monde surnaturel, comme le
disent dans leurs chaires les prêtres imposteurs;
mais par ses propres forces et par un perpétuel
devenir. Arrière les symboles et les vains mystères
qui cachent l'arbre de la science. Les seules révéla-
tions sont les enseignements de la nature. Les
générations qui naissent les connaîtront mieux et
jouiront davantage que celles qui meurent. Voilà
l'unique espérance !... il ne manque à l'homme que
des siècles et des siècles encore pour s'épanouir dans
une béatitude complète et universelle, sans avoir
d'autre guide que son génie, d'autre théâtre que la
terre, d'autre témoin que le soleil. »

Tel est le naturalisme, âme de la Révolution.
C'est la déification mensongère de la nature humaine.

Un jour, dans les saturnales de 93, lorsque
l'impatience des pionniers de la révolution, marchant
plus vite que les idées, a cru l'heure venue des sacrilèges suprêmes, un jour la déesse Raison fut adorée,
dit l'illustre orateur de Notre-Dame, sous le marbre
vivant d'une chair publique. On ne peut pas dire :
ce fut le cauchemar d'un jour. Non, la tache est
imprimée à jamais sur le front de la Révolution;

aucun de ses apologistes radicaux ne l'a vraiment
flétrie. Leur parole voilée trahit une complaisance
qui ne rougit que de la forme, et l'on sent bien que
leur culte idéal, au fond, c'est la Raison humaine
debout sur les tabernacles déserts de l'Homme
Dieu.

Elle est bien profonde, allez, mon cher ami, la
blessure faite à l'humanité et surtout à la France par
la parole satanique. Vous aurez beau, grâce à un
heureux concours de faits matériels, remplacer la
république par une monarchie, tant que vous n'aurez pas soumis le suffrage universel à la souveraineté divine, tant que vous n'aurez pas détourné la
nation des voies fangeuses du matérialisme pour lui
montrer plus haut la gloire et le bonheur, vous n'aurez fait que la moitié de votre tâche. Mais c'est le
rôle de l'Eglise, dites-vous. Soit ! C'est aussi le vôtre,
simple citoyen croyant, car la conversion individuelle ne suffit pas ici, c'est de la conversion sociale
qu'il sagit. Ce qu'il faut, c'est la reconnaissance par
la politique d'un principe et d'une autorité au-dessus
d'elle. Vous commencez à voir, n'est-ce pas, que la
tâche n'est pas si facile, et pourtant ce qui me reste
à vous dire est plus abrupt encore. Laissez-moi vous
montrer, je vous prie, le suprême obstacle à la voie
du salut national.

L'armée de la révolution, l'instrument dont joue

la révolution, le champ de bataille de la révolution :
autant de périls ; mais du dehors, pour ainsi dire.
Plus grave peut-être est le mal intime que la société
française porte dans ses flancs.

V

Il y a bientôt cent ans.

C'était au bout d'un siècle d'absolutisme royal et
d'énervement des hautes classes dans les plaisirs ;
— après trente ans de scepticisme philosophique
chez les faux penseurs et de rage contre l'*Infâme*
qui s'exhalait d'une littérature en divorce avec la
patrie aussi bien qu'avec l'Église.

Un vieux régime allait se dissoudre, un nouvel état
social surgir. La décomposition et la fermentation
devaient, à coup sûr, engendrer le tumulte. L'heure
était propice pour le tentateur.

Satan, le chef et l'auteur, non de la *réforme
sociale,* laquelle était nécessaire et demeure bonne,
mais de la *révolution,* — révolte de toutes les forces humaines contre Dieu, — Satan, sous le couvert
de cette réforme, verse, au peuple de France qui

soupirait vers elle, le poison révolutionnaire. D'un vin généreux, il fait un breuvage de mort. L'ivresse monte au cerveau de la grande nation séduite. Il se fixe au plus profond de l'organe de la pensée pour y exercer d'incalculables ravages.

Si le sang qui coule dans les veines françaises demeure catholique parce qu'il vient du cœur et que le cœur est sain, la tête est envahie, et les doctrines comme les actes qui se déroulent depuis cette époque portent, à travers beaucoup d'illogismes pratiques, l'empreinte du principe de mort.

1789, cette date mystérieuse qui ouvre une époque pleine de contradictions et d'énigmes comme elle, est une médaille à deux faces contraires. Elle est une date double dans l'histoire de l'humanité, et cette dualité même, en créant l'équivoque, qui n'est pas finie, a précipité les progrès du mal.

Si le 4 août a vu des privilèges et des abus jetés noblement, par la main même de ceux qu'ils favorisaient, dans l'abîme d'un passé sans retour, le 17 août a entendu la Déclaration des droits de l'Homme.

C'est là qu'à travers et par-dessus quelques principes vrais, on remarque une omission fatale et un principe subversif.

L'*omission*, c'est le silence sur Jésus-Christ, en plaçant la constitution sous les auspices de l'Etre suprême. Ce silence, après 1800 ans de marche sous le sceau du baptême, où toutes les constitutions, tous les actes de la vie publique et privée portaient son effigie sacrée, ce n'était rien de plus, rien de moins que sa proscription sociale et la proclamation du naturalisme.

Le *principe* générateur de toute oppression contre l'homme, aussi bien que de toute révolte contre Dieu, est celui-ci : *la loi est l'expression de la volonté générale.*

En regard de cette définition fausse, oublieuse du droit éternel, écoutez la parole rayonnante de noblesse, de liberté, de respect pour Dieu et de respect pour l'homme, prononcée en plein treizième siècle par l'Ange de l'école, le grand Thomas d'Aquin :

La loi est un règlement dicté par la raison pour le bien commun, et promulgué par le gérant de la communauté.

Le contraste est saisissant pour tout homme qui a gardé le sens moral. Je ne vous ferai pas l'injure de vous demander laquelle des deux langues a le verbe plus civilisateur.

Je ne veux pas les approfondir ici et les juger par le fond des choses, d'ailleurs, et ce sera peut-être l'objet de nouvelles pages. Mais ce que, dans cette lettre déjà longue, je vous fais observer, le voici :

Toutes les laïcisations qui se sont accomplies dans le courant du siècle, et toutes celles qui se préparent, découlent, avec une inflexible logique, de la Déclaration des droits de l'Homme. Bien naïfs ceux qui s'en étonnent. Bien perfides ceux qui, sans l'éprouver, jouent l'étonnement.

Elles ont été faites, d'ailleurs, sous des régimes si divers, qu'il serait injuste d'en charger aucun en particulier, et la France bien moins encore. Vous me pardonnerez donc la particule *on*.

On a laïcisé l'Etat, en déclarant qu'il ne pouvait avoir de religion.

On a laïcisé la loi civile en ne reconnaissant pas à l'Eglise le droit de posséder.

On a laïcisé la loi pénale en rayant du code l'outrage à la morale religieuse.

On a laïcisé la famille en séparant le mariage civil du mariage religieux.

On a laïcisé l'armée en supprimant la bénédiction des drapeaux, l'aumônier militaire et la facilité de remplir ses devoirs de culte.

On a laïcisé la justice, en proscrivant l'image du Christ, en mutilant le serment du nom de Dieu.

On a laïcisé les hôpitaux, en imposant l'athéisme à la misère et à l'agonie, par l'expulsion du prêtre qui consolait et de la sœur qui soignait les mourants au nom de Dieu.

On a laïcisé l'enseignement, en effaçant Dieu du programme de l'instruction publique.

On a laïcisé le sol de nos cités, en renversant sur nos places publiques l'image de nos saints et l'arbre de la croix.

On a laïcisé le soleil, en refusant l'éclat de sa lumière aux grandes manifestations chrétiennes.

On a laïcisé le temps, en abrogeant la loi qui défendait les travaux publics le dimanche ; on reviendrait, si on osait, aux décades républicaines.

L'indignation de la France chrétienne, et de la France simplement honnête et libérale, a éclaté. Elle a protesté contre plusieurs de ces laïcisations successives. Elle a eu raison, car les droits du bon sens sont imprescriptibles contre les conséquences logiques d'un principe funeste. Mais elle a eu tort de ne pas protester, en même temps, contre le principe qui les engendrait. C'est lui qui est le vrai coupable, et loin d'être débordé par la pratique des choses, il reste encore du chemin à faire pour arriver à tout ce qu'il doit produire tôt ou tard, fatalement et par essence.

Le Concordat, le plus grand acte politique du siècle, a seul suspendu sa marche. Je crois, en vérité, être le jouet d'un rêve, lorsque j'entends des catholiques — et j'en ai entendu, peut-être était-ce vous — qui pensiez faire merveille en demandant pour l'Eglise le droit commun. Le droit commun ! C'est-à-dire le droit de n'avoir point de droits propres et nécessaires, l'absolue méconnaissance de la fondation surhumaine et divine du catholicisme.

Si on les écoutait, voici ce qui serait demain.

Peut-être, il est vrai, provisoirement quelques moines seraient-ils laissés où ils veulent vivre ensemble. Mais ils seraient incorporés, selon leur âge, dans l'armée de réserve ou territoriale, et si la guerre les appelle, les voilà contraints de partir au trot gymnastique avec leur évêque peut-être pour astiquer leurs armes. Les séminaristes étudiraient la théologie dans les casernes en pansant les chevaux, et la morale dans les chambrées. Le recrutement du clergé serait à peu près impossible. Avant dix années, la moitié des paroisses n'auraient plus de ministre du culte.

Le mariage des prêtres serait légalement licite, et les Loyson de l'avenir n'auraient pas besoin de chercher un magistrat dans les républiques étrangères pour consommer leur apostasie.

Le Concordat tomberait de lui-même, car si l'Eglise n'est pas une puissance de ce monde, son chef n'a pas le droit de stipuler pour ses sujets.

Le budget étant promptement et radicalement laïcisé, tous les membres du clergé de France qui

n'auraient point de rentes seraient réduits à la men-
dicité.

Que dis-je ? les églises elles-mêmes, à la merci de
chaque commune, seraient désaffectées, comme on
le dit dans un mot aussi barbare que l'acte qu'il
exprime, et converties en magasins à fourrage. L'on
ne voit pas ce que pourrait répondre le droit
commun. L'objection d'indemnité ne tiendrait pas
une heure. Car, d'une part, le terme de traitement
est écrit dans la loi, et les traitements peuvent se
supprimer ; et puis, si la loi est uniquement l'*expression de la volonté générale,* toute résistance
n'est plus qu'une rébellion.

Le dimanche serait aboli par un vote d'une cor-
rection parfaite, et un magnifique lundi national
serait absolument sans reproche au point de vue des
principes de 89.

Il ne faut pas s'abuser, mon cher ami, l'Eglise
et le culte catholique ne peuvent vivre que d'un
régime d'exception. Tout ce qui reste d'officiellement chrétien dans la société française est en contradiction avec le droit commun aussi bien qu'avec
les prémisses posées dans la Déclaration des droits
de l'homme. La société marche de contradiction en
contradiction depuis quatre-vingts ans, on s'en
aperçoit à l'anarchie des intelligences tant de fois
signalée par les libres-penseurs eux-mêmes. Elle ne

sauve que par un fonds de raison native réagissant contre l'absurdité de la théorie.

Voulez-vous voir, mon cher ami, par un petit exemple récent, comme un symbole de ces illogismes? Naguère, un règlement militaire a supprimé l'escorte d'honneur pour le Saint-Sacrement, et prescrit en même temps de lui présenter les armes. Mais si c'est Dieu qui passe en personne, sous le voile eucharistique, dans les mains du prêtre, pourquoi supprimer l'escorte populaire? Si ce n'est pas Dieu, ce n'est *rien :* pourquoi honorer ce *rien* en présentant les armes ?

Tout est de même en France. Une intelligence égarée qui descendrait d'une planète voisine, que comprendrait-elle à ces contre-sens perpétuels? Pas une couche sociale qui n'ait été envahie par l'erreur ! Il n'est pas jusqu'aux revendications les plus courageuses et les plus sincères qui n'en portent la trace. Dans la tempête de généreuse colère que souleva l'inauguration des écoles athées, parmi tous les hommes qui avaient au cœur la fibre du père et de l'homme libre, j'en ai entendu s'écrier : « Que vient faire ici l'Etat? *Nos enfants sont à nous !* » — Vous vous trompez, messieurs ; vos enfants ne sont pas à vous, *ils sont à Dieu.* Vous n'en êtes pas les maîtres, vous n'en êtes que les gardiens : c'est un rôle assez sublime pour s'en contenter. Si vous le reniiez pour en usurper un autre, vous lâcheriez la proie pour l'ombre.

Gouvernants et gouvernés, conservateurs et radicaux, si légère que soit la morsure, on dirait que tous sont mordus par le serpent.

VI

Cela veut dire, cher ami, que la maladie française et moderne est tout entière en puissance dans la fausse Déclaration des droits de l'homme ; la France n'en sera guérie qu'après avoir proclamé les droits de Dieu ; quelques réparations partielles pourront constituer des haltes dans la décadence du pays ; mais tant que les mœurs, les idées, les lois, la famille et l'Etat auront peur de la lumière divine, jamais ne viendra la vraie restauration sociale. Jamais !

Certes, je ne crois pas et je ne prétends pas qu'une société puisse d'un seul coup se redresser toute entière et redevenir chrétienne dans toute sa surface et sa profondeur. Je ne crois pas et je ne prétends pas qu'on doive et puisse exiger du roi chrétien, dans quelques années de règne, le relèvement de toutes les ruines morales et matérielles accumulées depuis des siècles : si à chaque jour suffit son mal, à chaque jour aussi suffit son bien.

Mais de même qu'à la suite de la déclaration du 17 août 1789, évangile menteur de la franc-maçonnerie, s'est produit un travail long et persévérant de diminution des vérités pour déchristianiser la France, de même si une parole, une constitution, véritable organe du sentiment français, proclamait sans détour les droits de Dieu et de Jésus-Christ sur les sociétés humaines, les conséquences de la vérité proclamée se développeraient une à une et se traduiraient peu à peu dans les actes publics et les actes privés. Mais pour en être là, il ne suffit pas d'un roi qui arrive et signe une ordonnance : il faut que le peuple sente, pense, croie et juge comme le roi qu'il acclame.

En un mot, cher et trop optimiste ami, que certaines mesures réparatrices urgentes s'accomplissent dès que l'heure en sonnera, j'applaudis des deux mains ; mais pour qu'elles soient fécondes et maîtresses de l'avenir, il y faut absolument, dès le début, la reconnaissance du principe supérieur qui est l'âme et la vie de la civilisation. Cela est nécessaire, et cela suffit.

On pourrait, ce me semble, comparer la conversion d'un peuple à celle d'un homme.

Pour qu'un homme qui abjure de longs égarements devienne apte à la réconciliation sacramentelle, et, par elle, juste devant Dieu, nous dit la foi, pour qu'il se trouve à la portée de cet état sublime d'union avec la vérité et l'amour infinis qu'on appelle, en langue mystique, état de grâce, il n'est pas nécessaire qu'il ait l'amour parfait, ni qu'il soit doué de toutes les vertus, ni qu'il ait instantanément toutes les clartés surnaturelles, ni qu'il devienne impeccable. Mais il ne suffit pas non plus que, courbé sous la verge des expiations subies ou à subir il ait, dans son retour à la sagesse, la peur pour seule inspiratrice. Non! mais avec la foi que le reste suppose, et qui amène avec soi tout le reste, il faut deux choses nécessaires.

La résolution de vivre désormais dans l'ordre : la première condition de l'ordre, pour un être intelligent et libre, c'est de vouloir l'ordre.

Un *commencement* d'amour de Dieu comme source de toute justice. Il est clair que pour voir grandir et fructifier l'amour, il faut que le germe y soit. Si le germe manque, comment viendraient les fleurs et les fruits?

A part l'infirmité de la similitude, il en est de même pour un peuple, mon cher ami, et voilà tout

le secret de la régénération. Il est en quelque sorte,
pour un peuple, à travers toutes les misères sociales et les défauts particuliers, comme un état de
grâce. C'est l'union avec Dieu en le reconnaissant et
le proclamant maître souverain des sociétés humaines. Et quand au germe de l'amour de Dieu comme
source de la justice, il est sur la terre de France
assez de prêtres héroïques, de vierges et de reines
du foyer sur la terre française pour payer la dette
du cœur de la patrie. Mais c'est aux hommes, aux
citoyens, aux politiques, au roi qui parlera pour la
France, à payer la dette de l'intelligence et de la
volonté.

Voilà pourquoi, mon cher ami, rien n'est sauvé
tant qu'il n'y aura pas une monarchie chrétienne et
un peuple chrétien qui sauront dire, en face du ciel
et de la terre : *Le Christ est Roi.*

TROISIÈME LETTRE

———

A UN LIBÉRAL

Monsieur,

Les mots de libéralisme et de liberté se sont souvent rencontrés sous ma plume. Celui-ci, comme un des plus beaux de la langue humaine ; celui-là, comme un séducteur. C'est la première fois pourtant que je m'adresse à vous.

Je le fais aujourd'hui : d'abord, parce que vous êtes sincère, que vous aimez votre pays et croyez en Dieu ; ensuite, parce que vos théories, si théories il y a, sont un amalgame d'erreur et de vérité d'où vient la plus grave équivoque peut-être des temps modernes ; enfin, parce que l'équivoque peut

s'éclaircir, le préjugé disparaître, l'erreur faire place
entière à la vérité, au grand profit du pays et à
l'honneur de la monarchie chrétienne qui en
demeure l'unique salut.

J'écrivais tout à l'heure, monsieur, un autre mot
plein de mystère et de bruit : le mot de *moderne*.
Sans cesse on entend répéter par les échos de la
presse : esprit moderne ; libertés modernes ; droit
moderne, et cette épithète ne se définit jamais. Il est
pourtant nécessaire, pour s'entendre, de parler la
même langue.

Eh bien ! j'essayerai de définir l'épithète fameuse,
ainsi que le libéralisme et la liberté. Si vous contestez
mes définitions, peut-être aurez-vous la bonté de
me donner les vôtres, et, de la sorte, je l'espère, le
malentendu tombera. Entre des âmes droites, c'est
un pas vers l'accord.

Je remarque d'ailleurs, monsieur, dans votre
langage de tous les jours, des expressions claires
couvrant à mon sens des idées vraies.

Lorsque vous dites :

La monarchie sera populaire ;

La monarchie sera nationale ;

La monarchie sera constitutionnelle ;

Je vous comprends, et, sauf explication et nuance,
je suis avec vous.

Lorsque vous ajoutez : la monarchie sera *moderne*, je ne vous comprends plus.

Si cet adjectif ne dit rien de plus que les autres, pourquoi ce pléonasme ? S'il signifie quelque chose de plus, qu'est-ce donc ce que cela veut dire ? Il est tant de choses modernes ! les unes excellentes, les autres médiocres, d'autres détestables. Ce qui est moderne aujourd'hui le sera-t-il demain ? Où commence, où finit la modernité ? Qu'est-elle en soi ? Comment peut-elle être le critérium du vrai, du bien, de la justice éternelle ?

Et puis, et surtout, monsieur, votre langue semble manquer d'un mot, vous n'écrivez jamais : *La monarchie sera chrétienne.*

Pourquoi ce vide ? — Plus haut qu'un autre, vous devriez le proclamer, ce semble, vous qui venez de lier au mot de monarchie ceux de populaire et de nationale. Tout ce qu'ils renferment de noble et de généreux vient de Jésus-Christ. Je vous défie de trouver dans une langue païenne, quels que soient le siècle et la zone où on la prenne, rien qui approche de leur grandeur.

Il est des omissions, monsieur, qui sont de véritables méconnaissances, et lorsqu'il s'agit du mot chrétien dans une société civilisée par l'Evangile, la méconnaissance n'est rien moins qu'une profonde et douloureuse ingratitude. Chez vous, certainement, elle n'est pas voulue : les hommages que, par ailleurs, vous rendez à l'Eglise, en sont la preuve. Mais, inconsciente ou délibérée, cette absence de signe chrétien au front de la monarchie française, que vous appelez de vos vœux et de vos efforts, est un désordre. Tant que ce désordre subsistera, la pyramide sociale et nationale ne se relèvera jamais.

J'aurai prouvé, ce semble, cette affirmation, si je démontre deux choses, monsieur.

La première : que le libéralisme, terme à double sens, aussi ambigu que le mot d'esprit moderne, est loin d'être un nom de la Liberté vraie. S'il est pris dans une signification dogmatique et absolue, loin d'être une base de l'ordre social, il est purement et simplement une forme de la Révolution, et n'évite le fond des abîmes qu'à force d'illogismes dans la conduite.

La seconde : que toutes les libertés, comme la Liberté, sont d'essence chrétienne, non seulement dans le sens abstrait et indéterminé qu'on lui donne souvent, mais encore dans le sens historique, pratique et concret. Car les doctrines les plus favorables à la dignité humaine et à la vraie liberté sont en pleine vigueur chez les grands docteurs catholiques. Il est curieux, par exemple, de voir les jésuites persécutés par les pouvoirs absolus pour avoir défendu l'indépendance des nations, et plus

curieux encore de contempler la lutte soutenue en
faveur de cette indépendance par l'un des plus
célèbres écrivains de cette fière compagnie contre
un monarque protestant, inaugurateur d'un prétendu
droit divin et direct des rois, préface de la Révolution (1).

I

Et d'abord, qu'est-ce que le libéralisme? Si les
dictionnaires sont un peu en peine de répondre, cela
se comprend. Entre Massillon, disant à Dieu ou au
roi : les dons de *votre main libérale*, et le mot de
libéraux usité en Belgique pour désigner les intrai-
tables et despotiques ennemis des catholiques ; entre
le libéralisme, vertu des âmes généreuses, et le
libéralisme condamné par le Saint-Siège de pair
avec l'esprit moderne, grande est la distance. Un des
plus connus des gros dictionnaires se tire d'embarras
en le définissant, pour conclure : L'ensemble des

---

(1) Le pouvoir est divin, en soi, mais l'erreur double consistait à
prétendre que les rois le tenaient directement de Dieu et non par
l'intermédiaire de la nation, et que l'Eglise n'avait rien à y voir.

doctrines libérales. Puis, si l'on cherche au mot libéral, après divers exemples où ce principe s'applique simplement aux libertés civiles et politiques, voici que l'on trouve : « Les idées libérales avaient été couvées par la philosophie du dix-huitième siècle. La Révolution de 1789 les fit éclore. » On revient donc toujours, en somme, à cette date fatidique, et, comme c'est une date double, le sens du mot libéralisme ou esprit moderne est double aussi, avec une redoutable et funeste équivoque.

Outre cette distinction fondamentale, il faut reconnaître que, depuis nombre d'années, et de plus en plus, l'école dominante entend le libéralisme comme le dérivé direct de la déclaration des Droits de l'homme.

Et si nous cherchons dans cette fameuse déclaration les formules qui se rapportent à lui, — il en est deux complétées l'une par l'autre, — peut-être enfin trouverons-nous la vraie nature du libéralisme dogmatique et sectaire.

L'article 10 porte : *Nul ne doit être poursuivi pour ses opinions même religieuses, pourvu que leur manifestation ne trouble pas l'ordre public établi par la loi.*

L'article 6 débute ainsi : *La loi est l'expression de la volonté générale.*

Rien, ni dans la suite de cet article, ni dans aucun autre, ne fait dériver la loi d'une autorité supérieure et divine. Il suit de là que, d'après l'esprit moderne puisé à ses sources les plus authentiques, *la liberté humaine est réglée par une loi purement humaine.*

Voilà donc la véritable essence du libéralisme, monsieur : *c'est l'indépendance de la loi civile et du pouvoir civil vis-à-vis de la loi religieuse et du pouvoir spirituel.*

Par là-même, il est aisé de voir que le libéralisme est bien l'héritier du gallicanisme, dont le second article niait péremptoirement tout droit direct ou indirect de l'Eglise sur le temporel des empires. Avec la même évidence, il est aussi le père du principe radicalement révolutionnaire : *La séparation absolue de l'Eglise et de l'Etat.*

Voilà pourquoi le libéralisme est un degré de la révolte ; et, comme le châtiment de la révolte est inévitable, il amène avec lui la servitude.

L'indépendance de la loi civile ? Savez-vous, monsieur, tout ce qui se cache de despotisme contre la famille et l'individu, dans ce cri d'affranchissement de l'Etat moderne ?

L'Etat dit : « Moi pouvoir, moi souverain, je suis affranchi de la tutelle de l'Eglise, je ne suis plus vassal du Christ. Mais toi, citoyen, sujet comme ci-

devant, tu obéiras toujours à mon commandement.
Je suis libre, et tu es serf. »

Le libéralisme, la liberté ! oh ! non ! ce n'est pas
elle !

Un homme libre se tient debout devant les pouvoirs humains aussi fièrement qu'il est humble et
prosterné devant Dieu. Le libéral se prosterne
devant la loi de l'homme et semble toujours craindre
qu'elle ne soit trop soumise à la loi de Dieu.

Lorsque la race de Japhet, chrétienne d'ailleurs
pour la plus grande part et de toutes les races de
l'univers la plus pénétrée du sentiment de l'initiative
personnelle, gravite instinctivement depuis de longs
siècles vers un état social où le gouvernant est aussi
peu gouvernant et le gouverné aussi peu gouverné
que possible, on peut discuter sur le plus ou le moins
des droits individuels et des droits du pouvoir. Mais
cette aspiration au self-gouvernement, fût-elle même
excessive, n'a rien à démêler avec le dogme révolutionnaire de l'Etat indépendant de l'Eglise et de
Dieu. C'est une affaire de tempérament. Tant que la
notion divine de l'autorité est respectée, ce n'est
point une question de doctrine.

L'Etat indépendant de la religion ! — parfois, par
politesse pour l'Eglise, il dit : incompétent sur ce
sujet, — mais ce principe est tellement faux qu'il est
irréalisable. Quoi qu'en disent tous les thèmes décla-

matoires sur l'incompétence de la société civile en
matière de vérité doctrinale, c'est un fait constant
qu'une société professe toujours et nécessairement,
sous une forme quelconque, une doctrine religieuse.

Par la liberté illimitée de conscience, entendue
de telle sorte que Jésus-Christ, Bramah et le grand
serpent des Peaux-Rouges, aient des droits égaux,
ou plutôt qu'aucun réellement n'en possède, et que
le seul Dieu soit l'indifférence, c'est le drapeau du
scepticisme qu'arbore la société civile.

Lorsque, trop timide pour en venir là, elle se
contente de renier l'autorité sociale de l'Eglise,
organe vivant de la révélation, et se reconnaît encore
dans ses lois, comme dans son programme d'enseignement, vassale de la morale naturelle, c'est le
déisme qu'elle professe.

Lorsqu'elle nie absolument tout lien de la société
civile avec le créateur; lorsque, *implicitement*, par
une logique inéluctable, elle affirme que le pouvoir
civil, de pure institution humaine, n'est tenu d'obéir
ni à l'Eglise, ni à la loi naturelle, ni à Dieu; que
c'est aux individus, s'ils le veulent, à s'occuper de
ces choses laissées au second rang, c'est l'athéisme
qu'elle professe en déclarant qu'elle ne professe rien.
Dire : Dieu n'est pas pour moi, équivaut à dire :
Dieu n'est pas. L'INFINI EST PARTOUT ET TOUJOURS, OU
NULLE PART ET JAMAIS.

Il y a plus : Une société civilisée ne peut vivre un jour sans juge et sans gendarme. Or le seul fait qu'un agent de police arrête un voleur ou l'auteur d'un libertinage en pleine rue ; — cet acte de pouvoir si simple suppose dans l'Etat qui l'exerce la notion du bien et du mal, et la reconnaissance de la souveraineté du bien. S'il a la notion du bien et du mal, et le dogme de la souveraineté du bien, il a donc, en tant qu'Etat moral, une conscience. S'il a une conscience, il peut avoir une religion. C'est de rigueur mathématique.

On a beau dire : « L'Etat n'est pas un être en chair et en os, c'est une abstraction ; l'individu a une âme, une responsabilité devant le Créateur : l'association humaine n'en a pas. » Comment ! l'on voit tous les jours des associations partielles se donner un but, une œuvre commune à réaliser, sous le souffle d'une même pensée. Les sociétés de toute nature, autorisées ou non, sont tenues, quel que soit leur but spécial, de respecter les lois du juste et de l'injuste, de la morale et du décalogue, et la grande association humaine, la société en corps n'en aurait point.

L'Etat, une pure abstraction?... qui ose le dire? Il n'a plus de vie au delà de la tombe. Oui ! Mais, sous le soleil et dans le temps, c'est la plus vivante et la plus redoutable des entités, s'il n'en est la plus tuté-

laire. Je la connais, nous la connaissons tous. Elle
s'appelle puissance. Et il n'est pas une créature
humaine qui ne sente à chaque instant son action,
soit comme égide, soit comme fardeau.

Or, toute puissance vient de la toute puissance de
Dieu, *Omni potestas a Deo est.*

Sous quelque forme donc que l'Etat se déguise, il
ne peut échapper aux conséquences de l'être. S'il
n'est rien, il n'est pas même indépendant; ce qui n'est
pas, n'a pas de qualité. S'il est quelque chose, il
émane de l'être des êtres. Dès lors, il lui est soumis.
A aucun titre, il n'a jamais l'indépendance absolue,
et le libéralisme dogmatique n'est qu'une chimère ou
une révolte. Ce n'est pas seulement l'anathème du
Pape, c'est la logique la plus élémentaire qui proclame l'absurdité du principe révolutionnaire dont le
principe libéral est le premier degré.

Peut-être, monsieur, allez-vous me dire que le
temporel et le spirituel sont deux ordres d'intérêts
distincts, qui se meuvent chacun dans une sphère
propre, et vivent séparés. Distincts ? Oui. Mais pourquoi séparés ?

L'âme et le corps de l'homme sont-ils séparés ?

La raison et la foi sont deux modes distincts de
percevoir la vérité. Direz-vous qu'ils ne se pénètrent
pas réciproquement ? Croyez-vous que dans la même
conscience, la foi puisse admettre un dogme, et la

raison le rejeter, en sorte qu'un seul et même verbe
humain puisse à la fois nier et affirmer? — Non.
Distinction, ni en grammaire, ni en philosophie, n'a
jamais voulu dire *séparation ;* bien plus, la distinction du pouvoir temporel et du pouvoir spirituel, si
elle est sincèrement émise, implique la croyance à
un ordre surnaturel. Mais si cet ordre surnaturel
existe, il est évident qu'il est supérieur à l'ordre
naturel. Celui-ci, par une suite rigoureuse, doit être
subordonné à celui-là. Supposer en effet que l'Etre
suprême, auteur des deux ordres, n'a établi entre
eux aucun lien, répugne radicalement au caractère
même de la Divinité. Ce serait l'accuser d'avoir
manqué dans son œuvre à la première des lois,
l'unité.

Quoi! dans toute création de l'art humain,
discours, poème, drame, édifice, toile ou statue,
nous cherchons avant tout l'unité comme sceau du
génie. Toute œuvre qui en manque est rejetée hors
des modèles ; et l'univers, réalisation de la pensée
divine, ne serait pas *un*!

Quoi ! celui qui meut, avec une si belle harmonie,
à travers l'espace, des millions de systèmes solaires,
aurait failli dans son œuvre la plus relevée ! il aurait
jeté dans l'univers moral deux systèmes sans accord,
deux forces faites pour se briser dans les hasards
d'un choc formidable et fatal ! N'est-il pas vrai,

monsieur, que cette idée, à aucun degré, n'est admissible par la raison?

Mais voici qui vous déconcerte. S'il doit exister des rapports entre les deux pouvoirs, qui donc les règlera? qui?... Tout simplement celui qui les institua, celui qui s'appelle *le Verbe éternel*. Il est vivant au cœur de l'Eglise pour révéler à l'homme ce qu'il est nécessaire de savoir. C'est donc à l'Eglise, pouvoir supérieur, pouvoir *directement* divin, qu'il appartient de dicter les *principes fondamentaux* des rapports de la société civile avec la société religieuse.

L'Eglise est menée par des hommes? Ces hommes ont des passions? De là des froissements, des empiètements? — peut-être. Mais ce n'est point là une question de principe; en ce qui touche aux principes, l'assistance de Dieu dans l'Eglise est victorieuse des passions humaines. Ce sont des questions de détail, de mesure, d'opportunité. C'est dans ce cercle que se meut, souvent avec gloire, la sagesse, l'habileté, le génie des gouvernants, soit civils, soit religieux; froissement et difficultés, c'est la vie. Et vous ne pouvez, par aucune porte, ni aucun système, y échapper.

J'entends des libéraux qui s'écrient : « Le pouvoir civil ne peut, ni directement, ni indirectement, toucher à la conscience et peser sur elle, la con-

science est libre. Tout homme qui vient en ce monde
a le droit de choisir entre les doctrines qui se partagent la créance humaine. Si on arrête la propagation
de ces doctrines, on viole ce droit, on attente à sa
liberté. »

Peser sur la conscience des hommes ! Quel épouvantail ! Mais il n'est pas un homme, pas un seul,
qui, par l'exemple, la parole, un geste, n'exerce
sur son voisin une influence légitime ou coupable,
suivant le caractère de ses œuvres. La race humaine
est unie par une si profonde et mystérieuse unité,
qu'aucun acte humain n'est pour ainsi dire
dépouillé de rayonnement. Si l'acte d'un chef de
famille ou d'usine en a plus que celui d'un solitaire ou d'un obscur travailleur, l'action et le
rayonnement moral du pouvoir civil, qui n'est autre
chose que la société gouvernante, sont doués d'une
énergie incomparable. Les gouvernants ne peuvent
toucher le corps des peuples sans toucher leur
âme. N'est-il pas vrai, monsieur, qu'en permettant
ou réprimant les étalages du vice et les provocations
à l'impudeur, l'Etat exerce un empire sur la conscience publique? Cette force, il en doit compte à
Dieu.

Peser sur la conscience des hommes ! Est-ce donc
peser sur elle que d'y favoriser l'horreur du mal et
l'accès de la vérité? Dira-t-on que la mère chré-

tienne écartant de sa fille les livres impurs, et lui apprenant les doux noms de Jésus et de Marie, pèse sur sa conscience ?... Qui sait ?... Peut-être on y viendra.

Violer le droit de l'homme à choisir entre les doctrines qui se disputent le monde ! Ce sophisme infernal repose sur une idée radicalement fausse des vrais droits de l'homme.

L'homme qui naît a droit à la vie. C'est là son droit fondamental. La société, par la famille, le convoque à l'être. Elle lui doit toutes les conséquences de l'être, et la voie libre vers sa fin.

A l'être organisé, c'est le lait nourricier qu'elle doit, puis le pain, le vêtement, l'air pur, l'eau vive, toutes les conditions nécessaires de la vie matérielle. *Elle lui doit le bien, et non le mal.* La main qui écarte de ses lèvres le poison mortel, vous ne la taxez pas de tyrannie, car la liberté de l'acide prussique n'est pas encore inscrite dans la loi. Le serait-elle un jour, qu'elle ne deviendrait jamais un droit. Il n'y a point de droit au poison.

Le corps ne vient pas seul au monde. L'âme immortelle l'accompagne. Comme le corps, elle a droit à la vie.

Or, la vie de l'âme, c'est la vérité.

Le droit rigoureux de l'âme qui s'éveille est de respirer, de s'abreuver à ses sources salubres, au même titre que le droit de l'homme physique est de respirer l'air vital.

L'union des esprits dans la reconnaissance des *vérités nécessaires*, voilà le principe. Car la discussion suppose le doute, et la certitude est la loi des esprits.

Est-ce que la multitude laborieuse, avec sa poursuite du pain de chaque jour, a le loisir de consumer sa vie à la recherche du Vrai, comme un philosophe discourant dans les jardins d'Académus, sous les clartés du ciel et devant la sérénité des mers athéniennes? Croyez-vous que les philosophes eux-mêmes sortent toujours victorieux du drame intérieur où le vrai et le faux, en dépit des splendeurs littéraires, se disputent leur âme ?

Il y a trente ans, Jouffroy, l'infortuné chercheur, mourait suspendu sur le gouffre du désespoir ; le dernier cri de son âme fut un cri d'angoisses et de suprême épouvante.

Hier, mourait un historien célèbre, un sénateur lettré qui avait écrit sur son pays de longs volumes. Il avait une belle âme, a dit et répété officiellement le président de l'assemblée chargé de l'oraison funèbre. Henri Martin avait été baptisé dans la foi et avait contracté le mariage catholique. Il vécut et mourut en libéral accompli. De quelle religion seront ses cendres? On ouvre un testament, chef-

d'œuvre de libéralisme. Point d'enfouissement civil :
ce serait un gage donné à l'impiété. Point de funérailles religieuses : ce serait un gage au catholicisme.
Une sorte de culte innommé, sans symbole et sans
prière, dont le célébrant sera un pasteur protestant
libéral. Voilà tout ce qui accompagne dans l'éternité
cette âme sombre et désabusée. En vérité, si
d'autres sépultures inspirent plus d'horreur, je ne
sais si jamais aucune inspira plus de pitié.

Si le libéralisme aboutit là, quand il est le maître
absolu de la vie et de la mort ; si *la belle âme* d'un
homme qui a passé la vie dans le commerce des
idées tombe dans un pareil néant de vérités, est-ce
à une aussi pauvre, aussi stérile doctrine, qu'il faut
confier la destinée de la multitude, l'avenir de notre
grandeur morale et les espérances de la patrie
française ?

Savez-vous, monsieur, quand le droit sacré de
la conscience est violé ? C'est lorsqu'au lieu de
recevoir, dans l'atmosphère de la vérité, cette âme
qui s'ouvre à la vie, on lui présente avec la vérité,
dans un confus mélange, la diffusion de toutes les
erreurs, de telle sorte que l'air ambiant où vous la
faites respirer est saturé de miasmes de mort. Mais
le pouvoir civil, dites-vous, ne connaît pas la vérité.
— Qu'est-ce que la vérité ? disait, comme l'Etat
moderne, le proconsul romain qui livra le Christ

à la mort. Et c'est là qu'on rétrograde, après 1,800 ans de baptême, au nom de la vérité! Ne voyez-vous pas, monsieur, que ce nouveau sophisme couvre un blasphème? ou bien il n'a pas de sens, ou bien il suppose que la vérité chrétienne, après tout, pourrait bien n'être pas vraie. Si cette hypothèse sceptique n'était pas le fond secret de tous les arguments, si vous croyiez avec une certitude ferme, sereine et inébranlable au Christ-Dieu, vous n'hésiteriez pas à saluer en lui le Christ-roi.

Le Libéralisme n'est, au fond, qu'une impiété qui se dissimule aux autres et à elle-même. La grande voix de Grégoire XVI venait bien d'en haut, lorsqu'il stigmatisait certaines fausses libertés dites libertés modernes comme nées d'un indifférentisme empoisonneur. Une doctrine semblable révèle, en effet, par sa vulgarisation même, et produit aussi après coup un affaiblissement considérable de la foi. Cercle vicieux s'il en fut jamais! La société sans foi n'affirme plus la vérité; les générations qui naissent privées de cette affirmation sociale, nécessaire dans l'ordre providentiel à la pleine éducation de l'homme, absorbent le doute par tous les pores, et s'engouffrent dans le culte des voluptés sensibles, qui ont du moins l'inappréciable avantage de parler toujours clair. Le libéralisme, ainsi compris et pratiqué, tue à la longue la vie intellectuelle et morale d'une patrie. Ce n'est point là ce que vous voulez, nous le savons. Qu'importe? — c'est là où mène le dogme libéral.

Ne dites pas que la vérité triomphe dans les orages de la discussion libre. Cette assertion n'est pas chrétienne, parce qu'elle suppose la nature humaine dans sa rectitude native, et qu'elle n'y est plus. Cette assertion n'est pas exacte en fait, parce que la Vérité substantielle n'a pu s'introduire et vivre dans le monde que par une force au-dessus de la nature.

Lors même qu'à la longue, au bout de siècles de combats, le Vrai triompherait naturellement, ce succès lointain ne justifierait pas la doctrine de la guerre perpétuelle, érigée en règle sociale. Pourquoi compte-t-on les innombrables intelligences tombées victimes de ce gigantesque conflit?

II

Heureusement, monsieur, nous pouvons flétrir le libéralisme sans jeter l'anathème à la liberté.

Si le premier est condamné par l'Eglise, par la logique, par le bon sens et par la dignité morale, la vraie liberté a l'honneur d'être aussi conforme au vrai droit de l'homme qu'au droit immuable de Dieu.

Voilà pourquoi elle nous vient du Christ libérateur.

Vous n'avez pas oublié, monsieur, l'avilissement
de la servitude antique, et les jeux des maîtres du
monde avec la vie et avec la mort des hommes,
sortis libres des mains du Créateur et qui dans leurs
mains tyranniques n'étaient plus que des choses.

Vous savez, comme moi, que les républiques
païennes étaient d'odieuses aristocraties ; que les
ouvriers étaient regardés comme indignes du rang de
citoyen ; qu'à Rome aussi bien qu'à Sparte ou
Athènes, le petit nombre piétinait le grand nombre
et se partageait, à satiété, les voluptés, les honneurs,
la vaine gloire et le gouvernement.

La liberté n'y était, pour la multitude, qu'un
mirage, pour les privilégiés qu'un jouet, pour tous
qu'un mot creux et sonore, car ni les uns ni les
autres ne soupçonnaient la noblesse de la vraie
liberté.

Qu'est-ce donc que la Liberté ? qu'y a-t-il sous ce
terme, si magique dans sa séduction que nulle lèvre
ne le répudie, si différent dans son accent qu'autour
de lui les équivoques s'amoncèlent, et que tant de
crimes, avec tant d'héroïsmes, se parent de son nom ?

Pourquoi faire d'elle tant de choses qu'elle n'est
pas ?

Pourquoi, si souvent, par exemple, la confondre avec le pouvoir (non le droit) personnel qu'a l'homme de faire, à son choix, le bien ou le mal ?

Une telle notion est si peu la véritable qu'elle laisse, en dehors, au-dessous et au-dessus d'elle des multitudes d'êtres auxquelles peut s'appliquer le mot de liberté.

En dessous : car l'aigle dans sa cage ou planant dans l'espace ; le lion captif ou bondissant dans les déserts, n'ont pas cette sorte de choix ; et certes, ils ont le sens de la liberté.

Au dehors : car la définition ainsi comprise n'embrasse pas les êtres moraux et collectifs ; elle semble oublier la liberté des familles, des associations, des peuples pris dans leur ensemble — et, par dessus tout, la sainte liberté de l'Eglise.

Au-dessus : car ni les anges ni les élus n'ont la faculté de tomber dans le mal. Faudrait-il donc les découronner de la gloire de la liberté ?

Et Dieu ? L'Etre souverain, l'Etre libre par excellence, qui peut faire tout ce qu'il lui plaît, que devient-il dans cette fausse notion de la liberté ? ou bien Dieu, créateur de tous les êtres intelligents et libres, n'a pas en lui-même la liberté qui s'épanche de lui comme de sa source ; ou bien la liberté n'est pas le pouvoir de choisir et de faire le mal ; on ne peut échapper au dilemme. Et c'est loin de ces préjugés révolutionnaires qu'il faut chercher l'idée vraie de la liberté.

La liberté, prise dans son essence et dans son sens le plus général, c'est le pouvoir que possède un être de se mouvoir, sans obstacle, dans toute la sphère de son développement légitime, c'est-à-dire en harmonie avec sa fin. Il n'en est pas un seul, depuis le dernier échelon de la vie jusqu'à l'Etre des êtres, à qui ne convienne cette définition.

Dieu, qui est à lui-même son principe et sa fin, se meut en lui-même et, par là, dans l'immensité des mondes créés et possibles avec une puissance et une souveraineté sans limites. Comme son être, sa liberté est infinie.

Pour l'homme dont la fin est l'embrassement du bien suprême, la liberté est la faculté de se mouvoir sans entrave dans la sphère du bien et vers le bien suprême.

Pour les peuples, la *liberté consiste à se gouverner ou, — mieux — à être gouvernés par la forme de gouvernement, qu'ils ont, à l'heure légitime du choix volontairement consentie, selon la règle de leur fin propre qui est le bien public, et dans la mesure qu'exige cette fin ;* et comme la fin dernière de toute créature raisonnable n'est autre que Dieu même, il suit de là que la liberté ne constitue ni les hommes ni les peuples dans l'indépen-

dance absolue , laquelle n'appartient qu'à l'Etre
infini, mais qu'elle donne à tous le droit sublime de
ne dépendre, au fond, que de lui seul. Dieu est le
maitre commun des gouvernants et des gouvernés.
Dans une société bien réglée, tous les fronts ont une
double auréole : *obéissance* et *liberté* : obéissance à
la loi de Dieu, par elle, au pouvoir institué de lui, et
par là-même à Dieu seul : liberté de choisir sa voie,
dans la justice, et de marcher selon la loi de Dieu.

Voilà l'idée chrétienne, monsieur ; croyez-vous
qu'elle ne vaille par le laisser-faire sans règle ou
l'autorité sans frein d'une loi venue de l'homme
seul ? Ne trouvez-vous pas qu'elle respecte mieux la
dignité humaine ?

Et ce n'est point là un système de rêveur semi-
catholique et semi-libéral, qui cherche à tout prix
une conciliation blasphématoire entre l'esprit du
siècle et le catholicisme, entre un petit souffle qui
passe et le Verbe incréé.

Ecoutez un instant, je vous prie, les docteurs de
l'Eglise des temps passés :

« *La démocratie est de droit naturel* — c'est
« un jésuite, c'est Suarez qui parle — en ce sens
« que la communauté est libre de droit naturel, et
« *n'est soumise à aucun homme en dehors d'elle ;*
« *elle a en soi le pouvoir,* lequel, s'il restait tel

« quel, serait démocratique, et néanmoins, soit de
« son consentement, soit par un titre légitime, peut
« être transféré à une personne ou à une assem-
« blée. »

Et ailleurs, il confirme en ces termes la même
pensée :

« Aucun roi ni monarque n'a ni n'a eu — selon
« la loi commune (1) — le pouvoir politique immé-
« diatement de Dieu, c'est-à-dire d'institution
« divine, mais *moyennant l'institution et la*
« *volonté humaines.* »

Le cardinal de Bellarmin, une des lumières de
l'Eglise romaine au commencement du dix-septième
siècle, de ce siècle où Bossuet, plus tard, ébloui par
l'éclat de la royauté à son zénith, devait se laisser
aller à dire : Il faut obéir aux princes *comme à la*
justice même, Bellarmin sauvegardait d'avance, en
ces termes, la liberté des nations : « Le peuple,
dit-il, ne transfère jamais sa puissance de telle sorte
qu'*il ne l'ait pas en soi,* et ne puisse l'exercer *en*
certains cas. »

Vous voyez, monsieur, combien ce langage, de
quelque manière qu'on le tourne et qu'on l'inter-

---

(1) Il est évident, par exemple, que la théocratie juive fait exception,
et que David, Saül furent rois par un choix direct de Dieu.

prète, est loin de l'absolutisme et d'un prétendu droit royal divin qui serait comme superposé à la nation et ne prendrait pas en elle sa racine.

Aujourd'hui même, le cardinal Zigliara, père dominicain, écrivant et professant sous les yeux du Souverain-Pontife, résume ainsi l'enseignement des scolastiques :

« Le *pouvoir est dans la multitude,* non dans ce sens qu'elle en soit le générateur, ni dans le sens qu'elle puisse l'exercer elle-même, mais *dans le sens qu'elle détermine la où les personnes qui, par le pouvoir venant de Dieu, gouvernent la République.* »

Et, bien avant Suarez et Bellarmin, dont je ne fais pas miennes les thèses d'ailleurs, et que j'ai cité seulement pour mieux montrer quelles vues avaient cours dans les grands docteurs de ces âges croyants. Bien avant le cardinal Zigliara, résumant l'enseignement des scolastiques, regardez surtout l'incomparable Thomas d'Aquin, ce soleil qui du sommet du xiiie siècle a projeté sur les questions politiques comme sur toutes les autres un jour éblouissant.

Saint Thomas, celui dont un Pape a dit que chacun de ses articles était un miracle, celui dont le grand Léon XIII propage et glorifie l'enseignement, comme le secret du relèvement de la doctrine, saint Thomas,

de sa plume conduite par son regard d'aigle, trace
en traits immortels la source, le caractère, la limite
et la fin du pouvoir :

« *Puisqu'il est nécessaire à l'homme de vivre en*
société nombreuse, il faut bien qu'il y ait dans les
hommes ce par quoi la multitude est gouvernée (1)...

Puisqu'il faut choisir le gouvernement d'un
seul comme le meilleur, et qu'il peut dégénérer en
tyrannie, ce qui est le pire, il faut s'appliquer avec
soin à ce que ce pouvoir soit compris vis-à-vis de la
multitude, de telle sorte qu'il n'aboutisse pas à la
tyrannie.

La première chose donc à faire, c'est... qu'un
homme de condition à être roi, ne soit fait roi que
s'il est probable qu'il ne devienne pas tyran (2).

Ensuite, il faut organiser le gouvernement du
royaume de telle sorte que le roi établi n'ait pas

---

(1) Si ergo naturale est homini quod in societate multorum vivat,
necesse est in hominibus esse per quod multitudo regatur.
                              (Saint Thomas. *De regimine principum*,
                                     livre Iᵉʳ, chapitre Iᵉʳ).

(2) Quia ergo unius regimen præligendum est, quod est optimum,
et contigit ipsum in tyrannidem converti, quod est pessimum, ut ex
dictis patet, laborandum est diligenti studio ut sic multitudini providea-
tur de rege, ut non incidant in tyrannum. Primum autem necessarium
ut talis conditionis homo ab illis ad quos spectat officium, promoveatur
in regem, quod non sit probabile in tyrannidem declinare.
                              (Saint Thomas. *De Regimine principum*,
                                     livre Iᵉʳ, chap. VI, premières lignes).

l'occasion de devenir tyran, et tempérer son pouvoir de sorte qu'il ne puisse pas aisément tomber en tyrannie (1).

Le tyran, en réalité, est le gouvernant qui, sans souci du bien public, cherche son bien particulier (2)...

« *Il faut considérer deux choses dans un régime*
« *politique : la première, c'est que tous aient*
« *quelque participation au pouvoir, parce qu'ainsi*
« *la paix se conserve mieux. Le peuple aime ce*
« *régime et s'intéresse pour lui. La seconde touche*
« *la forme même du régime et l'organisation des*

---

(1) Deinde sic disponenda est regni gubernatio ut regi jam instituto tyrannidis subtrahatur occasio. Simul etiam sic ejus temperetur potestas, ut in tyrannidem de facili déclinari non possit.

(Id. ibid. — Quelques lignes plus bas).

(2) Si vero non ad bonum commune multitudinis, sed ad bonum privatum regentis regimen injustum per unum tantum fiat, qui sua commoda ex regimine quœrat, non autem bonum multitudinis sibi subjectæ, talis rector tyrannus vocatur.

(Saint Thomas. *De Regimine principum*, livre Ier, chap. I).

Optima ordinatio principium est, in aliqua civitate vel regno, in quo unus proficitur secundum virtutem qui in omnibus præsit ; et sub ipso sunt aliqui principiantes secundum virtutem ; et tamen talis principatus ad omnes pertinet, tum quia ex omnibus eligi possunt, tum quia ab omnibus eliguntur. Talis enim politia bene commixta ex regno, in quantum unus præest : et aristocratia, in quantum multi principantur secundum virtutem : et *ex democratia id est, potestate populi ; in quaatum ex popularibus possunt eligi principes et ad populum pertinet electio principum.*

(Id. Somme théologique, question 95).

« *pouvoirs. La meilleure est celle où, sous un gou-*
« *vernement d'un seul supérieur à tous en pou-*
« *voir et en autorité, il y ait un certain nombre*
« *de principaux gouvernants choisis à leur mérite,*
« *qui peuvent être élus parmi tous les citoyens et*
« *choisis par tous... mélange de monarchie, d'aris-*
« *tocratie et de démocratie* (1).

Ailleurs il écrit : « *Le peuple supporte mieux
des charges plus lourdes quand elles sont imposées
par la communauté que des charges plus légères
imposées par un seul.* »

Certes, saint Thomas, nous le savons, n'entend
point par là préconiser d'avance certains régimes
modernes à souveraineté parlementaire, sorte de
despotisme aussi, despotisme des majorités, où ces
majorités font du roi un instrument passif, et ne
reconnaissent au-dessus d'elles-mêmes aucun principe
supérieur et divin. Et pas plus que lui, les catholiques royalistes n'acclameraient un pareil régime
comme un vrai sauveur. Mais, grâce à Dieu, un
peuple peut se donner une constitution chrétienne,
témoin l'Espagne monarchique où le catholicisme

---

(1) Idées politiques de la Somme théologique, résumées par Mgr
Gonzalez, archevêque de Séville, éminent religieux de l'ordre de
Saint-Dominique.

(*Etude sur la philosophie de saint Thomas.*
3e volume, chapitre : Forme de gouvernement).

est la religion d'Etat, et l'Equateur républicain, allant plus loin encore où Dieu soit au sommet, où l'autorité et la liberté seraient en pleine harmonie. Ce qu'il y a de certain aussi, c'est que l'ensemble des doctrines dont je viens de reproduire quelques linéaments, est un beau programme de gouvernement pour les peuples. Leur *application parfaite* en serait l'idéal.

Et lorsqu'on songe que ces axiomes de la science gouvernementale, écrits en plein moyen-âge, sont gravés dans la tradition de l'Eglise romaine, on ne comprend pas qu'on ait pu méconnaître un seul jour cette vérité historique : le christianisme a gardé les libertés des hommes et des peuples. Il les a gardées parce que la Vérité est la grande *libératrice.*

Oui, monsieur, il n'y a ni raison, ni prétexte pour en douter. Le Christ est l'auteur direct ou indirect de tous les progrès réalisés sur la terre depuis dix-neuf siècles. Liberté, autorité, fraternité, égalité vraie, tout vient de lui seul. Ne craignez donc pas de saluer la monarchie de vos espérances du nom de monarchie chrétienne.

Quoi ! la libre Angleterre n'a pas peur, elle, de se dire chrétienne ; elle ouvre les séances de ses Parlements par une prière ; sa vieille charte est un hymne à la gloire de Dieu et de l'Eglise ; le dimanche est encore pour elle le jour inviolé du Seigneur ; et

8

vous, catholique, vous reculeriez devant une affirmation politique nettement chrétienne !

Il y a treize ans, c'était à Pont-à-Mousson, trois jours après Sedan. Nos drapeaux, gonflés par le souffle laïque de la *Marseillaise,* tombaient par centaines aux mains de l'ennemi. Les troupes allemandes défilèrent triomphalement devant 50,000 prisonniers français ; et l'arc de triomphe portait ces simples mots : « Ce n'est pas à nous, c'est à vous, Seigneur, que la gloire appartient. »

Ainsi parlaient les vainqueurs.

Et nous, les vaincus, au lieu de chercher à l'autel du Dieu des armées l'énergie qui relève, on dirait qu'après un éclair de foi passé plus vite que l'humiliation, nous travaillons à détruire sur le sol français tout ce qui reste de religion publique ! Et ceux-là mêmes qui la regardent comme nécessaire osent à peine le dire et semblent redouter ceux qui le crient trop haut !

Est-ce défaillance ? est-ce folie ? est-ce une secrète adoration du Libéralisme ? Mais qu'est-ce donc que ce Libéralisme ? Qu'on le déclare une bonne fois, afin qu'on sache s'il est pour Dieu ou contre Dieu, qu'on découvre l'idole, afin qu'on voie si elle a le visage ou le masque de la liberté.

Oh ! non, le Libéralisme n'est pas la Liberté.

Le libéralisme, nous l'avons vu, c'est la révolte de l'Etat contre le règne de Dieu.

La liberté, c'est l'inviolabilité des droits naturels de l'homme et du citoyen vis-à-vis de l'Etat despote et usurpateur.

Le libéralisme, c'est la servilité vis-à-vis de la loi séparée de Dieu.

La liberté, c'est le droit d'obéir à Dieu plutôt qu'aux hommes.

Le libéralisme est une forme de la force. Car la loi séparée de Dieu n'est plus que la force.

La liberté, c'est le droit de mépriser la force et de triompher d'elle, même en tombant sous ses coups.

Le libéralisme, c'est le vagabondage à travers toutes les aberrations de l'esprit humain.

La liberté, c'est la dilatation indéfinie de l'intelligence dans la sphère sans borne de la vérité.

Le libéralisme est une chose et un nom modernes. Il n'était pas hier et ne sera pas demain. Il dormira un jour dans la poussière où dorment les erreurs passées. Elles furent modernes à leur tour, et ne sont plus.

La liberté n'a jamais eu de commencement et n'aura jamais de fin, car de toute éternité elle fut l'attribut de Celui qui Est. Dans ce monde, elle est le reflet de l'attribut divin sur le front de l'homme, et tant que l'homme demeurera lui-même fidèle à Dieu, il gardera intacte en lui la gloire de la divine empreinte.

O vous donc qui aimez la liberté, reconnaissez pour roi le Christ qui vous l'a donnée, et souvenez-vous de ceci : La France sera libre sous un roi chrétien, ou esclave de tous les parvenus de la force ou du hasard.

III

Qu'est-ce donc qui pourrait vous arrêter, monsieur, pour dire : La monarchie sera chrétienne?

Est-ce la crainte d'appliquer dans toute la rigueur des déductions faites pour une société idéale, la thèse de la souveraineté de la vérité?

Qui vous le demande? Qui vous le demanda jamais?

Ce n'est ni la vérité elle-même, ni l'Eglise qui vous en font la loi. La mesure dans l'application de ses droits est une part intégrante de la vérité, lorsqu'en principe on les reconnaît tous ; — et remarquez-le bien, à reconnaître le droit intégral de la vérité, la société conquiert immédiatement trois résultats d'une capitale importance.

Le premier, c'est la valeur même de l'affirmation sociale, au nom de la communauté.

Elle réagit immédiatement sur la conscience de tous, sans contrainte, avec une force morale d'une incalculable énergie et d'une absolue légitimité. Elle est pour chaque individu, et pour la nation tout entière, le guidon qui montre incessamment la route de l'ordre et du progrès.

Le second, c'est que pareil à l'abîme attirant l'abîme, le bien appelle le bien.

Le principe vrai développe ses heureuses conséquences une à une. Par quelque côté que vous abordiez l'œuvre des réparations, il en est un grand nombre d'urgentes. Or, les mêmes réformes réalisées au nom du règne de la justice sont bien autrement fécondes que si elles s'accomplissaient au nom du principe libéral ou au nom du Droit commun, ce qui est une seule et même chose, par la proclamation de l'empire du bien, vous consacrez du même coup toute liberté vraie. Si vous opérez la réforme au nom du libéralisme, vous ouvrez la porte au droit du mal, et vous acceptez d'avance le pouvoir qu'il pourra conquérir.

Le troisième résultat, c'est que le fait d'arborer hautement, sans détour et sans peur, la monarchie

chrétienne, proclame en même temps l'obéissance
aux lois du Christ civilisateur. Ce fait seul donne
à la nation la leçon la plus éloquente de discipline.

Le chef qui obéit à son chef peut exiger la soumission de son subordonné. De proche en proche,
l'obéissance, d'elle-même, pour ainsi dire, se propage. Ce n'est plus un vent de révolte qui souffle
sur la patrie et qui désagrège toutes les assises de
l'édifice social. C'est un esprit d'unité doux et fort
qui circule entre tous les citoyens et toutes les
classes pour les hiérarchiser. Voilà le vrai redres-
sement de la pyramide. La société se tient vraiment
d'aplomb sur des bases inébranlables ; elle tourne
toutes ses faces vers le ciel, elle en reçoit partout le
rayon de lumière.

J'ajoute, monsieur, qu'en professant ainsi à haute
voix ce que, je l'espère, vous pensez tout bas, loin
de compromettre le progrès légitime, vous l'affer-
missez et vous le consacrez. Tous les droits naturels
de l'individu, de la famille et des citoyens, la transformation sociale opérée déjà dans le sein de la
nation française, ce qu'il peut y avoir de bon dans
l'élément démocratique, la marche graduelle du
plus grand nombre vers les biens de la vie ; — tout
cela subsiste dans son plein essor.

Pour prendre enfin le taureau par les cornes,
monsieur, craignez-vous que les faits accomplis,

tels que l'histoire et les circonstances les ont créés, en ce qu'ils ont de vraiment nécessaire, les circonstances demeurant les mêmes, soient menacés par la monarchie chrétienne?

Pur épouvantail! vous le savez bien. Vous êtes sûr que cette monarchie chrétienne, ni par son enseigne, ni par sa réalité, non seulement n'engage personne ni à la Saint-Barthélemy, ni aux dragonnades, ni à l'inquisition; mais qu'*au point de vue du libre exercice des cultes aujourd'hui « reconnus »*, elle ne trancherait rien. C'est là le jeu légitime de l'hypothèse qui laisse subsister intacte la vigueur du principe.

Que vous importe que ces faits accomplis se maintiennent en vertu d'un prétendu droit absolu de liberté extérieure de conscience qui est un mensonge, qui n'existe pas — et qui ouvrirait le sol français, s'il était logiquement suivi jusqu'au bout, aux temples publics de Vénus Aphrodite, ou bien que les franchises des juifs et des protestants soient scrupuleusement respectées comme des *traités?* cela est absolument chrétien et n'a rien de contradictoire avec le droit sacré de la vérité.

Au risque de vous étonner, monsieur, oserai-je vous dire que c'est encore saint Thomas, le génie catholique par excellence de tous les temps et de toutes les patries, qui trace les voies de la tolérance et de la prudence.

Pour lui, comme pour les docteurs et les Souve-
rains-Pontifes de tous les âges, comme pour la raison
humaine et la raison divine, le mal n'a pas de droits
et ne peut en avoir, étant la négation pure du bien
qui, par essence, en est investi. Le mal est donc, de
sa nature, sujet à répression, et le droit du bien à se
conserver lui-même en refoulant le mal est absolument indéniable. Mais, ce droit hors de cause, l'Ange
de la doctrine se demande si le pouvoir civil est tenu
d'empêcher tout mal, et il se fait cette réponse, qui
peut servir de leçon aussi à la sagesse des gouvernants du dix-neuvième siècle, car elle est le véritable point de jonction entre la thèse et l'hypothèse.
Elle se prête à l'ordre contingent des choses en respectant l'ordre éternel :

*Le pouvoir civil n'est pas tenu d'empêcher tout
mal, mais seulement le mal plus grave qui trouble l'ordre général.*

Dans cette admirable solution de saint Thomas,
il n'y a rien qui ressemble à la liberté de conscience
révolutionnaire.

Ne voyez-vous pas d'ailleurs, monsieur, un phénomène étrange, qui suffirait à prouver la fausseté
de ce dernier système?

C'est au nom sonore de cette liberté que les plus
saintes libertés de la conscience catholique sont
iniquement violées, les manifestations religieuses

interdites, les écoles livrées à l'athéisme. Certes, vous voulez comme nous rappeler le crucifix dans les écoles, et avec lui le catéchisme. Mais, ou ce grand acte n'aura pas de sens, ou il signifiera que l'Etat est chrétien. Ne pas le dire nettement, est une inconséquence ou une faiblesse. Vous voulez aussi comme nous, je le crois, la pleine liberté de l'Eglise, cette liberté imprescriptible et souveraine du Verbe de Dieu, qui ne passe à travers le monde que pour le régénérer. Est-ce qu'il n'est pas plus digne d'elle, et de Dieu, et de vous, qu'elle soit libre par son droit propre et immortel, qu'au nom d'un droit commun qui, demain peut-être, pourrait se tourner contre elle. Au-dessus de la formule fallacieuse : *l'Eglise libre dans l'Etat libre*, il en est une autre plus belle et plus vraie : *l'Eglise catholique est libre, et l'Etat n'est pas libre de lui ravir sa liberté.*

Auriez-vous peur des empiètements de l'Eglise ? Le Concordat est là, sans les articles organiques qui le falsifient, bien entendu. Ce ne sont pas les catholiques qui demandent l'abrogation du Concordat.

Est-ce la liberté de la presse qui vous préoccupe ?

Un jour, un député du centre gauche, libéral, il est vrai, il le croyait du moins, inconséquent aussi, mais, avant tout, homme de sens, de justice et de cœur, devant qui l'on signalait, dans une commission, les outrages à la foi et les immoralités qui

montaient comme une marée de fange dans les
livres, les gravures et les journaux contemporains,
s'écria, dans un élan d'indignation : « Vous appelez
cela liberté de la presse. Je l'appelle : infamie de la
presse. »

Ce libéral reniait ainsi le principe du libéralisme.
Il n'est pas un homme de cœur, de sens et de loyauté
qui, à ce titre, et du même coup, ne le renie.

Il n'est pas un homme de sens et de cœur qui
puisse admettre pour son pays la liberté illimitée de
tout écrire publiquement, de tout imprimer, de tout
attaquer, de tout insulter, de répandre à flots dans
les âmes le doute, la haine, l'envie et l'athéisme.

Je rougirais d'insister devant vous, monsieur.
Vous le pensez aussi fortement que moi-même.

La liberté absolue de la presse est une criminelle
utopie.

Certes, la vérité chrétienne ne redoute point pour
elle la libre discussion. Elle s'est prouvée par les
démonstrations de l'esprit en même temps que par
le témoignage du sang des martyrs.

Tandis que, dans le monde antique, les dieux
s'évanouissent au premier souffle de la philosophie,
et que les vieux conservateurs des vieilles fables ne
répondent à Socrate que par la ciguë, le christianisme passe à travers les âges comme une parole
sans fin d'apostolat et d'apologie.

Le christianisme est semblable au soleil. Quand des nuages passent entre la terre et le ciel, le soleil n'est pas atteint là-haut dans son foyer. C'est la terre qui se voile et qui souffre. Ainsi, quand l'homme place l'ombre de son doute entre son œil infirme et la vérité, ce n'est point la vérité, c'est l'homme qui est la victime. Voilà pourquoi ceux qui font métier de jeter les ténèbres dans les consciences en attaquant la sainteté des croyances religieuses, n'ont aucun droit au respect de leur impiété malfaitrice.

La loi actuelle, si descendue déjà, efface en vain l'outrage aux cultes de son code pénal : elle est forcée d'y maintenir l'outrage à la pudeur, tant il est vrai que la loi civile, fille du christianisme, toute ingrate qu'elle est, si révolutionnaire qu'elle soit et qu'elle se déclare, manque encore de logique et d'audace, et n'ose pas tout à fait s'affranchir d'une sorte de loi naturelle ; elle la reconnaît implicitement antérieure et supérieure à toute décision humaine.

En résumé, monsieur, tout ce qui fait l'homme libre vient du Christ.

Le *Syllabus,* qui condamne l'esprit moderne et le libéralisme dogmatique, est le vrai gardien des vraies libertés.

Dans le domaine des faits, l'hypothèse bien réglée tient un compte légitime de toutes les circonstances de temps et de lieux, et le principe demeure inviolé.

Dans la thèse comme dans l'hypothèse, la raison humaine, pensant selon l'ordre, décidant avec nombre, poids et mesure, doit prendre la raison divine pour modèle, pour règle et pour boussole. La raison divine a un nom propre, c'est le Christ.

Ainsi, la monarchie de raison, de liberté et d'autorité, n'a qu'un nom. Elle s'appelle *la monarchie chrétienne*.

IV

La liberté n'est pas le tout de l'ordre social.

L'autorité en est la clef de voûte. Son nom est venu sous ma plume comme une indication pour une autre lettre. Ce n'est pas ici que je veux traiter de l'autorité. Aussi bien l'illusion libérale ne va pas jusqu'à nier son absolue nécessité. Elle y croit, et elle en use. Elle s'imagine seulement qu'elle ne doit pas être au service du bien.

L'illusion libérale ! monsieur, permettez-moi un dernier mot sur elle. A quel point elle frappe de stérilité un gouvernement et un peuple qui en sont

malades, nous l'avons vu. Il y a treize ans, au lendemain de nos désastres, le pays, éclairé un instant
par la foudre, nomma des représentants tels que
depuis un long temps pareille réunion ne s'était
offerte d'hommes sincères, désintéressés, animés de
l'amour de la France en deuil.

Le scrutin libre et comme irrésistible dans son
élan qui l'avait envoyé siéger, sans capitale, partout
où elle porterait avec elle l'âme de la patrie, n'avait
imposé à son pouvoir aucune limite humaine pour
réorganiser la France. On aurait dit que Dieu et le
pays s'étaient entendus pour remettre en ses mains
la plus forte autorité nationale qui fut jamais. Elle
avait l'honneur de porter sur son front la majesté
française, et nul vrai Français, en ce temps-là, n'avait
peur d'y mettre le signe chrétien.

Certes, ce n'est pas alors que l'on eût osé prendre
les religieux par les épaules et les jeter dans la rue.
On les avait vus trop grands sur les champs de
bataille.

Ce n'est pas alors qu'on eût osé chasser de l'école
l'image, la doctrine et la vertu du Christ. Le drapeau
de son cœur sacré, ce drapeau clérical par excellence,
trois fois sauvé par la mort de trois héros chrétiens,
revenu presque seul peut-être entre les étendards de
France intact de la campagne sans nom, avait reçu
l'hommage du dictateur qui devait plus tard

dénoncer le cléricalisme à la haine publique. Le glorieux mutilé, le dernier survivant de ses défenseurs invincibles obtenait de l'Assemblée presque unanime une invocation vraiment nationale au Dieu libérateur. Et cette prière aidait la France à redevenir maîtresse de ses destinées.

O noble Assemblée de 1871, qui fus à la fois pour la France un grand honneur et une grande déception, quelle magnifique tâche s'offrait à ton pouvoir !

Comment se fait-il que tu aies disparu sans l'accomplir ? Qu'est-ce donc qui t'a paralysée dans l'œuvre de la régénération française ?

Les circonstances ne te furent point faciles, je le sais.

Mais tu pouvais au moins, avant de t'engloutir dans le fleuve du temps qui ne revient jamais vers sa source, tu pouvais, au lieu de fonder une république que tu savais mauvaise, déclarer bien haut que la monarchie chrétienne était le seul salut du pays.

Tu pouvais, dans cette pauvre France désemparée, oscillant de droite à gauche et de gauche à droite, depuis tant d'années, sans retrouver son point fixe, faire quelques lois, bonnes et nécessaires sous tous les régimes.

Il en est quatre surtout, intéressant au plus haut

degré l'âme d'un peuple, dont, pour tous les regards clairvoyants, l'urgence était visible :

Loi sur l'enseignement primaire.

Loi sur la presse.

Loi sur les associations.

Loi électorale.

De toutes ces lois, il a été beaucoup parlé.

Pour plusieurs d'entre elles, il a été nommé des commissions, rédigé de savants rapports, élaboré de longs projets ; pour la dernière, un premier essai de réforme est venu jusqu'à la tribune et n'échoua que de quelques voix. De tout cela rien n'est resté ; un vent des régions de mort a tout desséché dans son germe.

Et cependant, cette assemblée aimait son pays, désirait la justice et croyait en Dieu. Durant cinq années qu'elle dirigea les destinées publiques, elle fut peut-être le seul pouvoir européen, — et c'est une gloire à l'abri de toute attaque — qui ne reçut point le mot d'ordre maçonnique ; elle comptait dans son sein beaucoup d'hommes éminents par la science, par la parole, par le patriotisme.

Quel poison était donc en elle pour empêcher ces rares qualités de produire leurs fruits ? C'est qu'elle était, comme la nation elle-même, atteinte aussi inconsciemment du mal du libéralisme.

Et maintenant, je vous le demande, monsieur, comment ce principe enfanterait-il une loi vraiment bonne ?

Comment faire une bonne loi sur la presse, sans proclamer la liberté et la souveraineté du bien, aussi bien que la négation du droit du mal ?

Comment faire une bonne loi sur les associations, sans déclarer du même coup que celles dont le bien est le but sont licites ; — et illicites celles qui se proposent le mal ?

Comment faire une bonne loi sur l'instruction primaire sans affirmer que la religion est souveraine de l'éducation, comme de la société civile tout entière ?

Comment faire une bonne loi sur le suffrage universel, sans proclamer au-dessus de ses mobilités les vérités éternelles et nécessaires, la propriété, la famille, la religion, l'autorité, la liberté ?

Or, toutes ces affirmations sont la condamnation du libéralisme dogmatique et pratique.

Voilà pourquoi l'esprit de libéralisme fut stérile alors, et le demeure aujourd'hui, et le sera toujours. Voilà pourquoi la monarchie chrétienne, qui garde en soi l'autorité et la liberté, unies dans une pleine harmonie, qui garde aussi le droit intact du bien contre le mal, est pour la France une nécessité de salut public. Voilà pourquoi tout régime qui prendra le nom de l'ordre, s'il n'est pas l'ordre chrétien, ne sera jamais qu'un fantôme de l'ordre : voilà pourquoi le roi constitutionnel, le roi vraiment populaire, le roi vraiment national doit être aussi, et sera *le roi chrétien.*

QUATRIÈME LETTRE

———

A UN RÉPUBLICAIN

MONISEUR,

Depuis cent ans, sous les rafales périodiques de la tourmente révolutionnaire, tous les sceptres français ont été brisés. Tous, quels que soient leurs principes et leur forme, quelle que fût la main de velours ou de fer qui les portât, sont venus joncher l'un après l'autre la vieille terre monarchique où, durant quatorze siècles avait fleuri le sceptre des rois très chrétiens.

Un jour, les yeux fixés sur ces débris, vous avez cru y lire l'épitaphe d'un monde qui n'est plus et la révélation d'un monde nouveau.

Vous vous êtes dit : « Les rois passent.

« La patrie demeure. Avec elle, son indépendance.

« Pour la patrie, maîtresse de ses destinées,
« la meilleure forme de gouvernement, c'est l'exer-
« cice du pouvoir par des mandataires à courte
« échéance, qui se retrempent sans cesse à l'esprit
« public. Cette forme a nom : république. La répu-
« blique est le symbole par excellence de la souve-
« raineté nationale.

« En ouvrant l'horizon à tout progrès comme à
« toute idée, elle place le mouvement social sous le
« drapeau de la liberté. En ouvrant la marche de
« tous les citoyens vers tout emploi et toute fortune,
« et faisant de chaque électeur un roi en puissance,
« elle est la consécration souveraine de l'égalité,
« par l'égalité : elle est la loi vivante de la frater-
« nité. »

Telle fut, il y a douze ans, l'unique source de vos
idées républicaines. Ce jour-là, vous vous êtes cru
et proclamé de ce parti, et vous n'avez cessé, depuis
ce temps, de servir, avec une ferveur décroissante
il est vrai, le régime républicain.

Aujourd'hui, votre visage est devenu tout à fait
sombre. Votre fébrile enthousiasme des premiers
jours s'est dissipé plus vite que la poussière des
trônes. Vos rêves ont été trompés.

Quand vous rentrez le soir de ces lourdes journées que vous suivez tristement de la tribune d'ancien représentant ; quand vous méditez, en baissant
la tête, sur ces discussions, écrasantes pour la bonne
foi républicaine, où les orateurs du régime ont fait
assaut de mensonge et de cynisme, où les orateurs
de la monarchie ont remué profondément vos fibres
patriotiques et morales ; lorsque, en dehors de
cette enceinte et sur toute la surface du pays, depuis
six ans, se succèdent sans relâche les actes destruc-
teurs ; alors vos yeux sont forcés de voir un spectacle qu'ils n'attendaient pas et dont le monde entier
est le témoin sévère.

Oui, monsieur, cela n'est que trop vrai.

La République traite la France comme un peuple
conquis.

Elle a fait litière de la liberté des consciences.

Elle se joue des libertés individuelles, des droits
de la famille, et des plus saintes croyances de l'âme
humaine.

Elle dévore le trésor public ; elle épuise un crédit
que tout l'or de notre rançon n'avait pas entamé.

Elle désorganise toutes les forces vives de la patrie ;
elle frappe sur le juge et le prêtre avec un satanique
acharnement, comme pour démolir du même coup
les deux colonnes morales du temple social.

Elle ruine le travail français et renvoie à l'avenir (1) comme un aveu d'impuissance ou une ironie
la réponse à la misère du jour qui demande du pain.

Elle n'offre au pauvre, pour le consoler du Dieu
qu'elle lui dérobe, que le supplice intérieur de ses
convoitises inassouvies en face des plaisirs où se
plongent les Spartiates dégénérés de la république
moderne.

Vous regardez toutes ces choses, et alors, au fond
de vous-même, vos illusions d'honnête homme
poussent une plainte amère. Vous vous demandez,
dans le mystère de vos tristesses, si, pour une
ombre vaine, vous n'avez pas abandonné la réalité ;
mais il vous en coûte de subir l'arrêt de votre conscience. Vous n'osez pas rompre en visière à vos
amis demeurés dans le bourbier républicain. Vous
désirez, cela se voit, un règne réparateur, mais la
décision vous manque pour venir à nous et faire
appel à la royauté.

Vous n'êtes pas le seul républicain, monsieur,
dont le cœur soit mordu des mêmes angoisses ; il en
est bien d'autres, non seulement dans le pays, mais
sur les bancs du Sénat républicain et jusque dans
les rangs de la presse républicaine militante.

(1) Voir le discours de M. Ferry, à propos de la discussion de l'enquête.

Je connais un journal de province dévoué — il
en fait profession — aux institutions nouvelles, qui
ne put les retenir, au jour de deuil où l'héritier du
trône était enseveli dans un linceul sans tache et le
respect du monde entier. Ce jour-là, il écrivait
des lignes trempées d'une patriotique mélancolie, où
se lisait clairement quelque chose de plus : le regret
des fautes du passé, le désaveu des aventures du
siècle, et une apologie voilée de la monarchie traditionnelle inviolable.

J'ose le dire, monsieur, ces sentiments intimes
sont dans l'âme de tous ceux qui placent leur patrie
au-dessus de leurs rêves d'un jour, et c'est parmi
ceux-là que l'on aime à vous ranger.

Vous n'êtes point de ces fanatiques pour qui la
République est une idole, et la royauté une victime
à immoler sur son autel.

Vous n'êtes point de ces trafiquants pour qui la
politique est une exploitation, le mot de bien
public une sonorité creuse et la multitude un troupeau à toison d'or.

Quoique n'aimant guère à voir le nom de Dieu
mêlé au gouvernement du monde, vous ne lui contestez pas ce droit d'une façon absolument sectaire.
Vous croyez à la divinité. Vous avez pour la liberté un
goût natif, et pour la patrie un amour sincère. Pour
vous comme pour moi, la justice est une base de

l'ordre social. Pour vous, comme pour moi, il est des vertus nécessaires, et l'une d'elles, entre toutes, sous quelque régime que l'on vive, c'est l'honnêteté : l'honnêteté publique aussi bien que privée.

Nous avons aussi d'autres pensées communes.

Nous croyons, tous deux, que les gouvernements sont faits pour les peuples, et non les peuples pour les gouvernements.

Aussi indépendants l'un que l'autre, vous du féti- chisme républicain, moi du fétichisme royal, nous croyons ensemble que la nation possède, en *puis- sance*, le droit de choisir la forme de pouvoir qu'elle juge lui convenir. Pour vous, ce droit est peut-être toujours en acte; pour moi, cela est certain, une fois exercé, *la nation ne l'a plus*. S'il demeurait en elle de façon à ce qu'elle pût l'exercer au gré de son caprice, ce serait le trouble en permanence érigé à la hauteur d'une institution. Cette théorie ferait de la nation tout à la fois une éternelle mineure, inca- pable d'un engagement moral et une éternelle affolée, livrée sans règle à tous les hasards de sa pensée. Mais le droit demeure en principe et à la source, et il se retrouve, en fait, dans certaines circonstances excessivement rares et graves, qui, par un radical bouleversement des choses, d'un peuple font un autre peuple, et lui créent la nécessité de tracer, sans

abdiquer la tradition, la voie de ses nouvelles destinées.

Qu'aujourd'hui, après cent ans de révolutions, la
France ait abouti à l'une de ces époques critiques de
l'histoire où un peuple ne soit plus lui-même et
redevienne indépendant comme au premier jour; que
la chaîne du passé et de l'avenir, le pacte primitif du
peuple et de la royauté ne puissent demeurer vala-
bles s'ils ne sont refaits par la volonté nationale d'où
la monarchie française est sortie… moi, Chrétien par
ma foi surnaturelle, et royaliste par patriotisme en
même temps que fidèle à la vieille alliance que les
révolutions n'ont pas faite caduque, je crois toujours
à la validité du droit monarchique français ; — vous,
vous n'y croyez pas; mais pourquoi traiterions-nous
ensemble cette question brûlante et plus stérile
encore? Il est si vrai, qu'en dépit des transformations
sociales, et même à cause d'elles, la royauté, plus
que jamais est le gouvernement nécessaire au salut
de la France? Il est si vrai, que sa grandeur comme
sa force est liée à ce principe vital, que loin d'ébranler
ce qui demeure de croyance à ce principe dans les
esprits et dans les cœurs, il faudrait en recueillir
pieusement les moindres étincelles, les rapprocher,
les raviver en gerbes lumineuses pour en faire
l'aurore de notre avenir.

Il est d'ailleurs deux points sur lesquels nous nous

accorderons : le premier, c'est *qu'en fait*, pour
arriver au roi, il faut, avec l'aide de Dieu, le
concours de la France ; le second, c'est que le roi,
dépositaire du pouvoir, ne peut et ne doit l'exercer
que suivant certaines lois fondamentales réglées entre
lui et les représentants de la nation, et que l'ensemble
de ces lois fondamentales, de quelque nom qu'on le
décore, n'est pas autre chose, au fond, qu'une constitution.

Je ne parle point ici de la notion divine du pouvoir
et de sa soumission nécessaire à la loi de Dieu. Si
vous teniez pour la notion humaine et le dogme
libéral, c'est à vous que s'adressait aussi, comme à
votre voisin, ma précédente lettre. Je vous y renvoie.
Il n'est ici question que de la forme du pouvoir :
république ou *monarchie*.

L'expérience, aussi bien que votre caractère et
votre cœur, vous séparent de la première. Ils vous
attirent vers l'autre. Vos préjugés seuls résistent.
Permettez-moi de les combattre au nom du patriotisme et de la raison.

I

Et d'abord, monsieur, les biens que vous aviez
espéré saisir, et dont la république ne vous a fait

embrasser que le fantôme, peuvent, et bien mieux encore, se trouver dans une monarchie tempérée par une constitution. Ils se rangent d'eux-mêmes sous plusieurs chefs.

I. Le premier mirage qui vous séduit dans le régime républicain, c'est le principe même de la souveraineté (1) nationale.

Or, par un renversement de choses imprévu, quoique dans la logique vraie, il se trouve que ce sont les républicains qui, tout en la proclamant, la renient et s'en jouent.

D'après leur secte, un peuple est, de droit, républicain.

La république est le moule nécessaire et fatal dans lequel un peuple doit se fondre ou refondre. C'est le lit de fer antique où il doit se coucher et se briser les os, pour vivre ou *pour mourir*. Qu'importe à ces fanatiques sans patrie ? A leurs yeux, la république est un droit hors nature, qui doit dominer la nature, au risque de la torturer. Et ce sont ces hommes qui poursuivent de leurs sarcasmes la monarchie *de droit divin !* Sans doute une semblable monarchie érigée en dogme, s'imposant directement au nom de Dieu, ne voulant relever ni du pape ni de l'Eglise,

_____

(1) Il ne faut pas entendre ce mot dans un sens absolu. Dieu seul est souverain. Cela est dit souvent dans ces pages, mais jamais trop.

inamissible et moralement supérieure, jusqu'à la
fin des siècles, quelles que soient ses propres dévia-
tions ou infidélités à la volonté du pays, est un
système faux et absurde, nous le savons, et, pour
employer même les expressions du cardinal Gousset,
insoutenable et révoltant. Mais le dogme absolu
de la république éternelle et forcée est cent fois plus
absurde et plus révoltant, puisqu'il met Dieu lui-
même à l'écart. Dans tous les cas, monsieur, vous le
reconnaîtrez, ce premier article du symbole républicain traite avec un mépris souverain la souveraineté nationale que vous avez rêvée.

La monarchie chrétienne, tempérée, respecte
mieux, soit en principe soit en réalité, la liberté
des nations.

En principe, car elle est loin d'être un dogme
imposé : elle est simplement regardée par l'immense
majorité des penseurs et des docteurs catholiques
comme le meilleur instrument de bien pour les
peuples, parce que le bien des peuples est le but à
poursuivre.

Dans la réalité pratique, car la monarchie chrétienne
n'est pas plus un absolutisme dans son application
qu'un dogme par sa thèse doctrinale. La liberté native
de la nation est d'autant mieux respectée, qu'aucun
de ceux désignés par elle pour l'exercice des pou-

voirs ne les concentre tous en lui seul. Aucun ne peut devenir omnipotent.

Si l'un des organes vivants du pays représente plus nettement le mouvement et le progrès, et l'autre la réflexion et la sagesse ; si le roi garde surtout la mission de représenter au dehors le prestige, au dedans l'action gouvernementale avec l'ordre public et les traditions sacrées des principes qui ne doivent pas périr, tous sont vivants de la même vie nationale. Si cet ordre de choses est bien réglé, tous y sont unis pour placer en Dieu l'autorité suprême ; pour aimer le régime où le plus humble des citoyens a une part d'action dans cette vie nationale ; unis aussi pour reconnaître dans le peuple la source — première, par rapport à la date humaine de la désignation primitive, — secondaire par rapport à Dieu de qui vient toute puissance. Et pour réaliser cette grande chose qu'on appelle la loi, il faut le concours de tous les dépositaires du pouvoir, à commencer, comme cela doit être, par le monarque, dont le dépôt est le plus auguste et le plus sacré.

Certes, monsieur, dans cet organisme harmonieux et pondéré, vous pouvez reconnaître un bien autre respect de la vraie souveraineté nationale que dans le système et les procédés républicains.

Pour eux, ce n'est pas la volonté du pays qui est la boussole, c'est l'insurrection.

Pour eux, l'histoire vous le montre, c'est la République qui prime tous les droits et justifie tous les jeux de force, de ruse et d'audace. Ils foulent aux pieds avec un mépris égal les institutions que le pays a semblé se donner un jour, et celles que les siècles ont consacrées. Il n'est qu'une seule chose dont ils se jouent davantage, leurs serments.

Dix fois dans un siècle, la France fut la victime de ces jeux impies. Un soir, ils sont une poignée qui se disent : le peuple. Ils exploitent un mot sonore, une passion mauvaise ou un malheur public. Ils soulèvent et amoncellent les pavés de la capitale. Ils se font un marchepied des cadavres de leurs concitoyens. Un flot d'hommes, remué par le souffle révolutionnaire et poussé par leurs incessantes provocations, bat, durant trois jours, les portes de l'hôtel de ville de Paris : les voilà vainqueurs ! C'est une révolution nouvelle ; — encore quelques heures, et le télégraphe apprend à la France, pauvre souveraine atterrée, que, sans le savoir comme sans le vouloir, elle s'est donné de nouveaux maîtres.

Elle se réveille, avec la chemise de force : République française.

O pharisiens de libéralisme ! ô exploiteurs de popularité ! ô falsificateurs du droit national ! et ils osent parler de la souveraineté du peuple !

Mais ils jouent la patrie, comme une valeur

vulgaire, au coup de dé d'une bataille dans la rue.

Mais, sous prétexte de lui garder, sous le nom de république, l'exercice d'un pouvoir que par lui-même il n'exerce jamais, ils s'en emparent à main armée comme des hordes sauvages. Mais, sous couleur de respecter le prétendu droit de caprice quotidien dont une nation vraiment libre n'a que faire et que d'ailleurs *elle n'a point*, ils lui refusent le droit de revenir — en toute réflexion, lumière, justice et liberté, — à la forme de gouvernement que son histoire, ses mœurs et son génie à l'envi proclàment la meilleure et qui est *la sienne*.

Comme on les reconnaît, ces faux prophètes d'émancipation ! ils sont toujours les mêmes. On les a vus, au nom d'un libéralisme deux fois menteur, ravir à la nature humaine le plus magnifique usage de sa liberté.

On les a vus refusant à l'homme le droit sacré de prononcer d'immortelles promesses au Dieu qui nous donne son immortalité.

Ils ne comprennent pas, ces renégats de l'esprit libre courbés sous la gravitation fatale de la matière, que, loin d'être contraire à la liberté, le vœu chrétien en est l'acte le plus intense et la gloire suprême. Courts d'haleine et de vue, lilliputiens moraux, ils ne comprennent pas que : n'avoir une décision que pour l'instant qui fuit, constitue l'une des plus tristes infirmités de l'homme. Ils ne comprennent pas que projeter sa volonté d'un seul élan sur la vie tout entière, c'est lui donner quelque chose de la grandeur de l'immuable. Ah ! mille fois insensés ceux qui prennent la mobilité de la girouette obéissant à tous les vents du ciel pour idéal de ce gouvernement sublime qu'on nomme l'empire de soi-même.

On les a vus donner l'assaut à la glorieuse institution du mariage indissoluble. Ils outragent le cœur de l'homme en le déclarant incapable de se donner pour une vie de quelques soleils. Ils profanent la sainte immortalité de l'amour en le ravalant à la rencontre éphémère entre deux illusions ou deux concupiscences de la chair.

Leur idéal de liberté, si l'on peut employer un mot si noble pour une idée si basse, c'est de n'avoir ni engagement, ni loi, ni volonté au-dessus de la première impression qui traverse les nerfs d'un homme et agite l'imagination d'un peuple. Aussi se traduit-il, en pratique, par je ne sais quel monstrueux mélange de jacobinisme autoritaire et de radicale anarchie.

C'est un plus grand honneur, monsieur, que nous faisons à la liberté des hommes et des peuples, nous, royalistes du droit chrétien. Comme nous croyons à la volonté humaine se posant à elle-même des règles inviolables qui l'affranchissent du joug de ses propres caprices, nous croyons à l'âme d'un peuple s'étant posée à elle-même des lois qu'elle est tenue de respecter toujours. Ces lois sont, à nos yeux, des lois libératrices, car elles préservent à jamais un peuple de la honte, d'être le butin d'un combat ou le jouet d'une surprise et d'un égarement ; elle l'empêche de tomber comme un esclave aux pieds du premier dictateur qui se montre sur le pavois des insurgés. Cette liberté de s'engager pour l'avenir est la vraie consécration de ses libertés natives.

Pour nous, la patrie est bien autre chose que la génération qui passe un jour sous le soleil des siècles.

La patrie ! elle prend son nom, comme sa source, dans le nom de père, un des plus beaux de la langue humaine. Elle embrasse dans sa vie, dans son sang, dans son souffle et dans son unité morale, avec la génération qui passe et avec les fils qui naîtront d'elle, les générations des aïeux et des ancêtres de nos aïeux. Elle ne fait qu'un de toutes les générations qui se succèdent à travers les âges sur le même sol, avec la même langue, la même race, la même foi, le même génie et la communauté d'une gloire immortelle rayonnant à la fois sur tous les siècles et tous les foyers.

Voilà pourquoi un peuple, comme un homme, peut s'engager pour toute la durée de l'avenir. Voilà pourquoi le droit national de la veille demeure celui du lendemain, et c'est là un des plus grands éléments de son progrès et de sa force.

Voilà pourquoi nous défendons, avec une fidélité inébranlable, ce droit national, magnifique organe de la vitalité française, contre les caprices des oscillations d'une multitude livrée à la parole des sophistes. Nous n'avons d'ailleurs ni la volonté, ni le pouvoir d'imposer à la France par la force le règne du vrai droit national. Nous attendons des leçons de l'expérience, de notre action morale infatigable et de nos incessantes affirmations, son retour libre à la vérité et à la vie.

Cette attente ne peut être d'ailleurs une soumission servile à toutes les lois de la tyrannie républicaine. Le jour où il faudra choisir entre Dieu et les hommes, c'est à Dieu que nous obéirons. Pères chrétiens, nous défendrons contre l'école athée l'âme de nos enfants. L'âme libre n'appartient qu'à Dieu, elle est au-dessus de toutes les souverainetés humaines, peuple ou roi. Honte aux timides qui regardent comme un maître sans appel de leurs consciences, un pouvoir révolté contre Dieu !

Mais ce droit de Dieu et de la conscience saufs, nous n'adressons pas d'appel à la force, ce n'est pas de nous que viennent les barricades, vous le savez.

Je vous ai dit la vraie devise du roi : *Par la grâce*

de Dieu et la volonté nationale. Qui donc, encore
une fois, monsieur, rend un meilleur hommage aux
libertés de la nation, nous, royalistes et catholiques
du *Syllabus,* ou vos amis les fanatiques de la république ?

Mais le nom qui vient sous ma plume vous fait
dresser l'oreille. Vous êtes tenté de me dire : « A
côté de vous, certains prétendent que le *Syllabus* a
condamné ce droit de la nation.

Je répondrai simplement, mais fermement : *Ainsi
compris, jamais.*

Puisque je rencontre cette équivoque sur ma route,
il faut qu'elle disparaisse à son tour.

Saint Thomas, que je sache, n'était pas un libéral
visé par Pie IX, ni un révolutionnaire, bien que
certains pouvoirs civils du moyen-âge aient jugé sa
doctrine un peu dure.

Lorsqu'il a écrit cette phrase splendide de fierté
chrétienne :

« Une loi qui n'est pas juste, perd en quelque
sorte le nom et la force morale de la loi. »

Il ne plaisait pas plus aux vieux Césars Teutons
qu'aux républicains modernes, serviles adorateurs
des lois qu'ils ont forgées. Mais l'Ange de l'école a
plu à Dieu, au Christ, à ses vicaires infaillibles ; il a
été le défenseur inébranlable de la vérité, de la justice et par là-même de la liberté vraie.

La tradition catholique, après lui, répète encore
aux pieds de Léon XIII :

« *Le pouvoir est dans la multitude,* non dans le
« sens qu'elle en soit le générateur, ni qu'elle puisse
« l'exercer par elle-même, mais *dans le sens qu'elle*
« *désigne la ou les personnes qui doivent l'exer-*
« *cer.* »

Qu'on efface ces lignes, et je m'inclinerai devant
les doctrines de l'ultra-légitimisme. Mais, soyez tran-
quilles, on ne les effacera pas.

Or, c'est dans ce sens et non dans un autre, c'est
dans le sens catholique, en un mot, que la souveraineté nationale doit être entendue, que nous
l'entendons et que je l'entends.

En d'autres termes, si nous osions parler à notre
tour, nous dirions : Le pouvoir civil est divin dans
son *essence* et dans son *exercice légitime*; mais, en
ce qu'il a d'humain, le choix de son dépositaire, il
réside dans la communauté tout entière.

Le *Syllabus* n'a rien de contradictoire à cette doctrine.

Que condamne donc le *Syllabus ?*

Voici les seules propositions qui, de près ou de
loin, se rattachent à la matière et sont si justement
l'objet de l'anathème.

Art. 59. — « L'Etat de la chose publique, en
tant qu'il est la source et l'origine de tous les droits,

possède un droit propre qui n'est circonscrit par aucune limite. »

Art. 60. — « L'autorité n'est rien de plus que la somme du nombre et des forces naturelles. »

Art. 63. — « Il est permis de refuser l'obéissance aux princes légitimes et de s'insurger contre eux. »

Que peut-on voir là de contraire au droit des nations ci-dessus exposé?

La condamnation de la première thèse condamne l'absolutisme de l'Etat. Elle protège contre cette thèse asservissante, aussi bien la liberté des hommes et des peuples que les droits de la Divinité.

La seconde foudroie les blasphémateurs qui nient l'essence divine du pouvoir.

La troisième défend les pouvoirs légitimes, la liberté et la sécurité des nations contre la théorie sauvage des insurrections au bon plaisir des perturbateurs de la paix publique.

Toutes les trois proclament, par là-même, des vérités nécessaires au salut social et méconnues par l'esprit du siècle.

Je défie qui que ce soit d'y lire un mot qui statue sur le droit des peuples à se gouverner ou, pour mieux dire, à être gouvernés par la forme de gouvernement qu'ils ont consentie. Je défie d'y trouver une syllabe qui attache à une même race une légitimité indéfectible, inadmissible et éternelle, sans pouvoir supérieur qui la domine, une seule lettre qui condamne le principe du consentement national exprès ou tacite, accepté chez le plus grand nombre des peuples chrétiens comme l'une des bases originelles de la pleine légitimité des rois.

La vieille monarchie française et chrétienne — je parle surtout de celle qui précéda « l'*ancien régime* » et l'absolutisme royal — la vieille monarchie chrétienne était imprégnée de ce droit national jusque dans le vieil adage : *Lex fit consensu populi et constitutione regis*. Et même, après l'apparition des légistes césariens, les cérémonies du sacre réflétaient encore, sur ce point, comme sur les autres, l'intégrité de la doctrine.

L'onction religieuse rappelait la source divine de l'autorité.

Le serment à l'Eglise proclamait la royauté du Christ.

Le serment à la nation symbolisait le droit originel des Français à désigner le roi qui devait recevoir *de Dieu* l'investiture.

Hors de France, la monarchie chrétienne donnait au droit national un accent encore plus fier.

Les Aragonais disaient au monarque : « Nous jurons de vous être fidèles, à condition que vous respecterez nos privilèges et nos franchises : sinon, non. »

Telle fut, monsieur, le caractère de la royauté au temps où le Christ était le roi véritable de toutes les âmes, de l'âme des peuples et de l'âme des rois.

Si Louis XIV disait un jour : *l'Etat c'est moi,* saint Louis avait dit en partant pour l'Egypte à ses vassaux réunis : *l'Etat c'est vous.*

Et maintenant, croyez-vous que les républicains, avec leur dogme de l'insurrection, et leur fétiche de république forcée, respectent mieux la liberté des nations?

II. Le second caractère qui vous séduisait dans la république, monsieur, et dont vous avez quelque peine à vous déprendre, est aussi un mirage. Elle vous semble la formule nécessaire d'une société démocratisée, où l'accession de tous à l'influence et aux fonctions publiques, en même temps qu'à tous les biens matériels et moraux de la vie, est l'idée-mère des institutions. La république vous apparaît comme le sceau vivant de l'égalité et de la fraternité, dont l'étiquette rayonne sur ses monuments.

Je comprends votre souci de l'élément démocratique, et je le partage, à une condition toutefois : c'est que vous ne proclamiez pas et ne vouliez pas, — tel n'est pas votre but, je le sais, — l'omnipotence de çet élément. Ce serait là une aristocratie à rebours et à mille têtes, plus dure que toute autre, parce qu'elle fait passer un peuple sous le joug de tyrans multipliés et souvent détestables. Elle accumule plus de désordres, plus de périls, plus de guerres civiles en dix ans, qu'un monarque autoritaire en cent ans. A dix-huit siècles de distance, les proscriptions de Robespierre et de Danton répondent à celles de Marius et de Sylla, la mort des Girondins à celle des Gracques, comme les fruits inévitables de la démagogie : lisez : de l'oligarchie républicaine. Ces régimes, par les horreurs qu'ils produisent, ensanglantent et déshonorent toutes les réformes ; elles n'en fécondent jamais aucune. Le despotisme d'en bas est le pire, et à coup sûr il est mauvais.

Un régime où la nation est largement et loyalement représentée par des mandataires contrôlant mais ne régnant pas, où le roi règne et gouverne, sans courber la tête sous des majorités de surprise et d'un jour, mais aussi sans résister aux mouvements légitimes de la pensée publique ; un roi inviolable gardien des intérêts permanents du pays, ainsi que des principes immuables de l'ordre religieux et social, et, à ce titre, ayant le dernier mot ; une constitution chrétienne qui place ouvertement à la tête du peuple et du roi le maître souverain des peuples et des rois, et qui laisse aux libertés publiques un jeu paisible et régulier en même temps qu'elle assure à tous les droits naturels leur pleine garantie : — voilà monsieur, si je ne me trompe, je ne dirai pas la meilleure des républiques, car la meilleure n'en vaut rien, mais la meilleure des monarchies, ce qui signifie davantage, et le régime le plus voisin de l'idéal, puisque l'idéal lui-même ne peut exister au sein de l'humanité déchue.

Que l'on appelle cette monarchie : constitutionnelle ou représentative, ou tempérée ou composite, peu importe. Les batailles de mots ne doivent pas jeter une fumée qui empêche de voir les choses. Selon moi, le nom qui convient, c'est celui de monarchie chrétienne tout simplement, ou si l'on veut *pondérée*, parce qu'à tous elle donne une place d'après la vérité et la justice, et qu'à aucun, elle ne donne de l'orgueil ; parce qu'elle est faite pour des hommes libres, et que la liberté est d'essence chrétienne ; parce qu'elle cadre avec les aptitudes et le génie contemporains de la fille aînée de l'Eglise, *sans rien céder aux erreurs modernes.*

Certes, l'élément démocratique, sans y dominer, est loin d'être exclu.

Est-il question de l'accessibilité aux emplois ?

Le dernier né de la classe la plus déshéritée peut devenir premier ministre ou maréchal de France. Je ne crois pas que vous alliez plus loin dans vos exigences pour lui. Je ne ne crois pas que vous jugiez la

charge suprême ouverte à tous comme une condition nécessaire à l'affranchissement d'un pays et à
la présence de la démocratie dans son régime. De
pareilles utopies n'ont pas besoin d'être combattues
dans votre esprit. Faire de la première magistrature
d'un grand peuple le prix d'une course à toute
vapeur vers le pouvoir et les honneurs, ne fut jamais
et ne sera jamais l'idéal d'un peuple sage. —
Passons.

Est-il question d'avoir une part, si petite qu'elle
soit, d'influence sur la marche des affaires publiques,
de ne subir aucune entrave dans le développement
de sa propre carrière?

Il n'est pas de régime où cette part d'influence et
cette pleine liberté d'expansion individuelle et de
vie sociale puissent trouver une réalisation plus
facile; il n'en est pas où l'arène soit plus ouverte à
tous dans la paix et la sécurité.

Mais ce n'est pas seulement l'élément démocratique dont l'essor légitime est garanti dans cette
monarchie réglée par une constitution respectueuse
de tous les droits. L'élément royal y est sauf avec
toute sa dignité, sa grandeur et sa magnifique part
de puissance. Il est des hommes de grande valeur,
nous le savons, qui ont quelque frayeur du nom et
du régime constitutionnel, parce qu'ils se figurent
que, par l'essence du régime, le roi n'y est que le

simple exécuteur passif des caprices de la multitude.
Il en est d'autres, peut-être, qui se feront une arme
du mot parlementarisme pour trouver un prétexte
à la dictature. Ceux-là croient de bonne foi, ceux-ci
feignent de croire que la monarchie dont l'exercice
est réglé par une constitution est la monarchie absolument parlementaire, c'est-à-dire où le parlement
est Roi, et que la monarchie parlementaire est tout
simplement une république déguisée, sans autre diffé-
rence que l'hérédité présumée du pouvoir exécutif
confiné lui-même dans un rôle absolument inerte.
Ce serait quelque chose encore que ce point fixe au
milieu de l'agitation perpétuelle et de l'ébranlement
de tout autre pouvoir. Mais ce n'est point assez, monsieur. Le seul mot de constitution n'entraîne pas un
roi soliveau. Si le point fixe, au lieu d'être un organe
vivant, n'est qu'une pierre morte pour supporter
tous les rouages républicains, on ne voit pas bien
l'utilité de ce monarque fainéant ou fantôme, et l'on
comprend ces mélancoliques paroles de Louis XVI
dans son suprême adieu :

« Je recommande à mon fils, s'il avait le malheur
« d'être roi, de songer qu'il ne peut faire le bon-
« heur du peuple qu'en régnant *suivant les lois ;*
« mais qu'en même temps il ne peut les faire res-
« pecter et faire le bien qui est dans son cœur,
« qu'autant qu'il a l'autorité nécessaire, et qu'au-

» trement, lié dans ses inspirations et n'inspirant
« point de respect, il est plus nuisible qu'utile. »

Avez-vous entendu, monsieur? *régner suivant les
lois* ; mais, en même temps, pour les faire respecter,
*il faut être respecté soi-même et avoir l'autorité
nécessaire.*

Voilà une parole royale qui ne sent point l'orgueil.
En elle on sent comme un souffle paisible et pur, la
respiration de la royauté chrétienne et cette vue du
cœur, à force de droiture, rencontre le coup d'œil
d'aigle du génie.

Lorsque le père Lacordaire, du haut de la chaire
de Notre-Dame, laissait tomber cette sublime définition : « *Gouverner, c'est diriger des êtres libres
vers leur fin,* » au fond, c'est la même chose qu'il
disait, et, dans ces trois mots, on trouve l'essence
tout entière de la monarchie chrétienne.

Nulle trace de libéralisme. Cette parole ne dit
pas : Gouverner, c'est opérer un balancement sans
fin entre la droite et la gauche, entre le bien et
le mal. Car c'est vers la fin que le pouvoir dirige,
et la fin ne peut être que le bien.

Nulle voie ouverte à l'anarchie. Car le mot
« diriger » implique la main ferme d'un pilote, et
non la flottaison d'une impuissante bouée sous le
mouvement désordonné des flots.

Nulle porte à l'autocratie, car le gouvernant

dirige des *êtres libres*. Il les dirige suivant leur nature, en respectant leur vraie liberté.

Cette formule enfin est aussi et par dessus tout chrétienne, car la fin dernière de toute créature humaine n'est autre chose que Dieu même, par le Christ médiateur et homme-Dieu.

N'est-ce point là, monsieur, un type idéal de pouvoir où toutes les dignités et toutes les puissances de l'homme s'épanouissent à l'envi ? N'est-il pas vrai qu'en quittant le marais naturaliste et républicain pour gravir ces hauteurs, on goûte l'air du ciel, la lumière et la vie ? N'est-il pas vrai que le regard y plane dans la sphère infinie de la justice et de la vérité ?

Si le jeu légitime des libertés publiques, si la garantie des droits individuels, si la démocratie politique, en un mot, dans ce qu'elle a de bon, trouvent leur pleine satisfaction au sein de la monarchie ainsi réglée, serait-ce la question humanitaire, et, si l'on peut employer ce terme, la démocratie sociale, qui ne pourrait, sous ce régime, chercher et rencontrer ses vraies solutions ?

Quel mot que la question sociale, monsieur ! Ce qu'il y a d'étrange, après toutes les promesses républicaines, et ce qui frappe aujourd'hui tout esprit de bonne foi, avouez-le, c'est que la république, loin de la résoudre, la pose, aux regards du monde, plus redoutable, plus inéluctable que jamais.

La question sociale ! Une partie des républicains, ceux qui sont arrivés, la nient ; les autres, ceux qui veulent arriver, l'exploitent avec une ambition aussi féroce que ses négateurs. Où donc est la formule trouvée par la secte républicaine ? a-t-elle écrit seulement les préliminaires d'un traité de paix ? Elle louvoie, comme elle louvoiera toujours, entre deux écueils formidables : le socialisme et l'individualisme. Le socialisme qui livre à l'Etat l'individu pieds et poings liés, et, au mépris de toute justice, prend son bien à l'un pour le donner à l'autre ; l'individualisme qui, par l'égoïste implacable et la concurrence effrénée, fait de chaque travailleur le rival et l'ennemi de la fortune de son voisin. Eh ! qu'importent les étiquettes les plus empanachées de popularisme, si elles demeurent frappées d'une incurable stérilité ?

Assurément, ce n'est pas aujourd'hui, où la guerre des affamés contre les rassasiés est plus menaçante et plus ardente qu'elle ne fut, dans notre siècle, sous aucun monarque ; aujourd'hui où les meetings renouvelés sans cesse et toujours plus nombreux des ouvriers sans travail adressent des appels désespérés à la violence comme raison suprême ; aujourd'hui que d'une frontière à l'autre la dynamite répond à la dynamite ; aujourd'hui, la veille peut-être des grandes revanches des anarchistes, fléaux de Dieu contre les conservateurs francs-maçons et athées ; aujourd'hui que d'un côté la demande et de l'autre le refus du travail attestent un désordre absolu dans les esprits, en même temps qu'une âpreté antisociale dans les cœurs ; aujourd'hui enfin que les pouvoirs sont frappés de terreur devant l'orage qui s'amoncelle, oh ! ce n'est pas aujourd'hui que l'on oserait dire : La république apaise la faim du peuple et donne à la multitude toute sa place au banquet de la vie. Non ! elle a bien jeté la promesse à tous les vents du ciel, mais elle a menti.

Je m'arrête, monsieur. Dieu me garde de jeter une note irritante au milieu de ces clameurs et préparatifs de guerre ! C'est une œuvre de paix que je tente au nom de la monarchie chrétienne, et c'est dans la région sereine des idées que ma plume veut demeurer comme y demeure ma pensée.

Mais ce qui me frappe, et qu'il m'est permis de montrer en passant, le voici :

Tandis que la république a cru répondre à tout avec le mot de république et assouvir les appétits populaires par ce fantôme d'aliment ; tandis qu'acculée enfin à la réalité, sous la pression des événements, elle ouvre une enquête stérile, ce sont les royalistes, c'est le fils des rois qui, d'un regard clairvoyant et ferme, ont depuis longtemps pressenti et travaillé à conjurer la crise.

Il y a douze ans que le comte de Paris, celui qui sera un jour, je l'espère, au jour fixé par Dieu, le roi et le libérateur de la France, si la France consent à se sauver, écrivait un livre où se montrent, avec le fruit de graves études sur les classes laborieuses, l'amour de leur bien social et le désir de le voir réaliser.

Il y a douze ans aussi que d'éminents catholiques, encouragés par l'Eglise, en dehors et au-dessus de tout esprit de parti, ont conçu l'idée de consacrer leurs efforts à l'amélioration matérielle et morale des ouvriers. Ils n'ont cessé d'y mûrir des idées conciliatrices et des réformes salutaires. Faut-il ajouter que le fanatisme républicain, par esprit de haine contre tout ce qui vient au nom de Dieu, en repousse la plus légère expérience?

Voilà des faits dignes de remarque, monsieur. Ils impressionnent, comme la mienne, votre âme d'honnête homme, et, si nous remontons des faits aux principes, si, après avoir parlé à votre loyauté, je m'adresse à votre esprit de philosophe et de penseur, il sera aisé de comprendre pourquoi une république sans Dieu est impuissante à résoudre la question sociale; pourquoi la question sociale, la vraie démocratie, sera toujours' mieux étudiée, mieux pénétrée, mieux résolue sous la monarchie chrétienne.

Qu'est-ce donc que la démocratie vraie ?

Ou bien ce mot n'a aucun sens, ou il veut dire : l'accession du plus grand nombre possible à la plus grande somme réalisable du vrai bien matériel et moral ; et comme ce qui est vraiment utile ne peut être contraire à ce qui est vraiment juste, à peine est-il besoin d'ajouter : par des voies conformes à la justice.

L'énoncé seul de ce problème en montre la complexité ; il ne doit être cherché et ne peut être résolu qu'à la clarté des lois fondamentales qui régissent la répartition des biens entre les hommes, et le véritable révélateur, aussi bien que le régulateur de ces lois, c'est l'ordre chrétien.

Fixez vos yeux sur les principales un instant :

Travail personnel et hérédité.

Association libre du capital et du travail, devoir et liberté de la charité.

Admission de tous aux biens de la vie, avec droit au nécessaire, aspiration légitime à l'au-delà réalisable, et résignation vis-à-vis de l'irréalisable, fondée sur la certitude d'un monde meilleur.

Si l'on supprime de la science des questions sociales une seule de ces lois, on creuse un vide impossible à combler.

Sans le principe du travail personnel, honoré chez tous, et par le déroulement des conséquences de la transformation sociale, devenu en quelque sorte la loi générale ; sans un salaire rénovateur de la vie, correspondant aux besoins présents et à l'épargne de la famille de l'ouvrier, aussi bien qu'à l'œuvre accomplie, on le décourage, on l'irrite, et l'on crée un antagonisme fatal entre l'oisif et le travailleur.

Le travail ! parfois la révolution ose dire que la foi catholique le maudit ; on voit bien que les calomniateurs ont beau mourir, la calomnie ne meurt jamais. Hier encore, son écho retentissait dans le palais Bourbon. Pas un don de Dieu qui ne se retourne contre lui. Que différente est la tradition chrétienne ! Le travail est, dans son origine, une gloire inaliénable et imprescriptible de l'homme, il en fait le collaborateur de l'activité divine. Par le travail, la créature devient créateur à son tour, et participe à la gloire du créateur suprême. C'est le mal moral qui a versé un poison à travers cette gloire, et mêlé la fatigue à la joie de l'activité. Mais, par une surabondance de la bonté de Dieu sur la rigueur de la justice, le travail, devenu mérite et rédemption en même temps que peine, loin de rabaisser l'homme, le relève par ce double honneur. C'est ainsi que le présente le christianisme, et c'est ainsi que le respectera la monarchie chrétienne.

Mais le travail personnel n'est pas la seule source légitime de la richesse. Un autre principe, sacré aussi, et plongeant comme lui dans l'essence des choses, est vital dans la race humaine. J'ai nommé la loi de l'hérédité.

Si vous brisez cette loi sacrée, vous outragez les plus nobles sentiments de l'âme, vous stérilisez les plus féconds efforts du travail lui-même ; vous brisez les liens entre les générations qui se succèdent, et vous qui parlez sans cesse de solidarité, vous supprimez la première de toutes : celle de la famille, du sang et de l'amour paternel.

Ce n'est pas tout.

Si vous fermez la porte à l'association libre de l'ouvrier et du patron, vous avivez la haine des frères ennemis, et vous élevez de vos propres mains un éternel obstacle à la concorde.

Si, comme parfois on a osé le faire, vous refusez le bienfait et méconnaissez la grandeur de la charité, vous insultez à la beauté du plan providentiel. Lorsqu'il fait passer dans les mains du pauvre le pain et le vin de la vie, par la main d'un frère, il les lui donne par un canal mille fois plus noble que les rosées du Ciel. — Vous dépouillez à la fois celui qui donne et celui qui reçoit.

Si vous ne reconnaissez pas le droit de l'homme au nécessaire de la vie, vous faites de celui qui en manque un paria désespéré. Si vous consacrez son droit au superflu, vous en faites le ravisseur du bien d'autrui, et vous allumez une guerre où tous seront vaincus dans une mêlée sans frein, sans trêve et sans merci, d'intérêts contraires. Ecueil partout, écueil toujours hors de la vérité chrétienne !

Si vous privez l'homme de la foi qui ouvre un champ sans limite aux immortelles espérances et résout pour lui la terrible énigme de la douleur, malheur à lui ! malheur à vous ! malheur à la génération qui s'abreuve aux sources mortelles de l'athéisme ! Les passions resteront : avec elles aussi la soif inextinguible d'un bonheur infini. Les passions et l'aspiration au bonheur sont indéracinables, et pas plus que du mal physique et de la mort vous n'en triompherez jamais. Non seulement la solution du problème devient impossible, mais comme la vie d'ici-bas, quoi qu'on fasse, ne sera jamais la vraie vie, comme Dieu seul peut combler le gouffre des désirs de l'homme, l'enfer que l'on nie montera sur la terre. Car n'est-ce pas l'enfer que le conflit de toutes les forces, l'écrasement de toutes les faiblesses, les revanches honteuses de la matière contre l'orgueil de l'esprit révolté, l'énervement universel par la satiété des heureux d'un jour et la désespérance des écrasés ?

La monarchie chrétienne, assurément, ne supprimera pas tous les maux, mais, en respectant les lois dont je parle, elle sera au moins sur la voie du progrès. Et ce qui est d'une égale certitude, c'est qu'il ne suffit pas à la détresse, pour se consoler, de savoir qu'elle a la joie de vivre en république.

Il ne suffit pas de lire sur les murailles : *Liberté, Egalité, Fraternité*. Ces mots, d'ailleurs, sont dans la formule républicaine un mensonge. Leur unique sens vrai, c'est le sens chrétien, et, dans ce sens chrétien, la monarchie selon le Christ les respecte mille fois plus que toutes les républiques du monde dont Dieu n'est pas l'inspirateur.

Qu'ont-ils fait de l'égalité, les républicains? Est-il une heure de la vie humaine où ils aient égalisé le régime des réfuges de la rue Mouffetard à celui des salons de la Maison-Dorée? Mais écartons, encore une fois, la langue de la passion, ne leur cherchons point querelle de n'avoir pas fait l'impossible, il en est assez d'autres à leur faire ! Parlons la langue des idées.

Il est deux sortes d'égalité pour les hommes :

L'égalité de nature, d'origine et de fin : c'est la vraie ;

L'égalité de dons, de sort et de fortune : c'est la chimère.

Tous les fils de l'homme ont la même essence, viennent de l'être infini et sont faits pour le posséder.

Cette dignité pareille et fondamentale est si haute que les différences accidentelles ne sont pas plus sensibles entre les âmes humaines que ne sont les aspérités et les vallées du globe vues des hauteurs du firmament.

Par l'acte créateur, tous ont un droit *égal* au développement de leur être, au nécessaire de leur vie matérielle et morale, — et, s'ils traversent dignement l'épreuve, — loi fondamentale aussi de leur destinée, — ils ont un droit égal à la satisfaction complète de leurs désirs légitimes, demeurés seuls debout dans leur volonté libre, librement fixée dans le bien.

Là s'arrête l'égalité vraie ; elle est assez belle pour s'en contenter, et le sort du plus déshérité en apparence parmi la multitude innombrable des enfants de l'humanité est tel, s'il savait le comprendre, qu'il rendrait éternellement grâce à la puissance créatrice de l'avoir appelé à l'être.

Il est une autre idée d'égalité qui, sous le masque d'une fausse justice, accumule trois mensonges dans un seul mot ; c'est celle dont la Révolution semble célébrer l'apothéose et qui peut se traduire ainsi : droit à une *égale grandeur*, à une *égale fortune*, à une *égale autorité*.

C'est un mensonge de principe. Car il n'existe nulle part un droit à une égalité semblable, il serait la négation complète de la liberté divine. Les droits inhérents à la nature humaine doivent être pleinement satisfaits, parce qu'ils sont compris dans le premier don de l'être fait à l'homme, et que l'essence des choses aussi bien que la justice du créateur s'oppose à leur violation. Mais cela dit, où donc l'être sorti du néant puiserait-il le droit d'interdire à l'auteur de toutes les essences la liberté de distribuer, à chacun des sujets qui la portent, des dons contingents d'inégale grandeur ? Celui qui fit l'hysope et le cèdre du Liban, l'animal sans raison, l'homme raisonnable et l'ange pur esprit, qui fait ainsi de la création toute entière un immense théâtre d'inégalités profondes, peut bien — ce n'est pas à un philosophe comme vous qu'on peut l'apprendre — faire éclater des inégalités moindres à chaque degré de l'échelle mystérieuse. Ainsi, un architecte de génie peut, à chaque marche de la pyramide qu'il a construite, graver le dessin d'une œuvre nouvelle et complète en soi avec ses reliefs, ses ombres et ses rayonnements.

De même, le Créateur et suprême architecte de l'univers multiplie sur chaque créature les prodiges de sa fécondité infinie. Sa liberté souveraine poursuit les jeux de sa puissance jusque dans les cieux. Il les y élargit encore, car non seulement il est pour les élus plusieurs demeures, dit l'Evangile, dans la maison du Père céleste ; non seulement les anges ont neuf ordres d'inégale splendeur, mais chacun des anges sans nombre qui les composent constitue une essence distincte et une espèce à part.

Qu'on cesse donc de parler d'égalité absolue devant le visage de l'Eternel ! C'est une démence de la parole humaine, et quelque chose de plus qu'une démence. Car c'est le cri menteur d'une passion détestable : la haine des hauteurs. Voilà pourquoi l'égalité républicaine, mensonge de principe, est une hypocrisie dans le cœur de ceux qui l'exaltent. En voulez-vous la preuve, monsieur ? Voyez ces fougueux niveleurs et leurs adeptes. Ils ne s'indignent jamais d'être reconnus supérieurs aux autres. Leur indignation n'éclate que lorsque eux-mêmes, ou ceux dont ils flattent l'orgueil, pour s'en faire un instrument, se trouvent en face de supériorités qui les blessent. Or, cette passion porte un nom, et ce nom est un stigmate : on l'appelle l'envie.

L'égalité est un mensonge enfin, parce qu'en fait elle est irréalisable.

La société peut-elle vivre sans mille fonctions aussi diverses qu'inégales? En monarchie comme en république, toutes, au fond, sont de pareille dignité, puisque toutes sont des services de Dieu et du pays.

Mais leur charge, leur honneur, leur peine, leur vertu sont-ils semblables? La santé, la force, la beauté, l'esprit, le cœur, l'amour et le génie : où donc est le pouvoir qui passera le niveau sur tous ces dons de Dieu ?

Et la richesse ?... Un jour tous les palais et toutes les cabanes sont rasés, tous les trésors du monde pulvérisés. Je ne sais quelle puissance infaillible et surnaturelle donne à chacun, avec une rigide exactitude, un nombre égal d'atomes de terre et d'or. Cette égalité dérisoire subsistera-t-elle le lendemain ?

C'est donc triple mensonge et folie que l'égalité absolue dont la république fait parade ! Ces prémisses bien posées, comme l'erreur pure n'existe pas, sous ce verbe d'erreur, il y a l'altération d'une vérité, et cette vérité la voici : *le plus grand bien possible du plus grand nombre possible* est à chercher incessamment par le pouvoir chargé de gouverner la communauté. Ce principe, je vous l'ai dit, peut recevoir son plein développement sous la monarchie aussi bien que sous la république ; mais ce que peut-être je n'ai pas dit assez, ce que jamais l'on ne dira trop, c'est que, plus la forme du pouvoir sera profondément et hautement chrétienne, plus cet idéal à poursuivre deviendra une réalité.

Qui donc a le premier, dans le monde, pris la défense des pauvres et des petits ?

Qui a brisé un à un tous les anneaux de la chaine de l'esclavage ?

Qui a renversé les pierres et les bûchers où s'immolaient les victimes humaines ?

Qui a fait une ruine éternelle de l'amphithéâtre où des milliers de captifs s'entr'égorgeaient pour la joie des vainqueurs ?

Qui éleva les palais du malade et de l'indigent aussi haut que le palais des rois ?

Qui réhabilita le travail, dont le paganisme avait fait une incapacité politique et une bassesse ?

Qui a glorifié la pauvreté volontaire ? Qui en a suscité à travers les âges les héroïques légions ?

Qui a plus fait pour guérir, au plus intime du cœur humain, l'amertume de la douleur ?

Qui apaisa le mieux les passions humaines : convoitise, ambition, volupté, haine et envie ?

Qui jeta dans l'atmosphère terrestre cette parole rénovatrice : *Faites aux autres ce que vous voudriez qui vous fût fait ?*

Qui alluma ce feu sacré de la charité, dont le nom n'était pas soupçonné ?

Qui a fait de ce nom le nom même de Dieu ?

Qui a déclaré tous les hommes fils du même père régnant dans les splendeurs des cieux ?

Qui a réalisé ce titre prodigieux, en se faisant lui-même tout à la fois fils de l'homme et fils de Dieu ?

Qui convie tous les hommes, devenus ses frères, au même banquet divin ?

Qui les nourrit du même aliment : la divinité ?

Qui fait passer de siècle en siècle, dans chaque battement de cœur des peuples baptisés, une force vivifiante et unificatrice de prosélytisme et de progrès, ne s'arrêtant jamais et débordant à toute heure sur le monde entier ?

Le Christ ! toujours le Christ ! Le Christ tout seul !

Jetez un regard sur le globe. En dehors du rayon de la croix, où est le progrès ? où est le sacrifice ? où est la vie ? où est l'amour ?

Et, en Europe, en dépit des calomnies, des ingratitudes, des outrages, des apostasies et des proscriptions, c'est du cœur du Christ et de son inséparable épouse l'Eglise catholique romaine, aussi jeune et aussi féconde que dans ses premiers jours, que coule sans relâche la source de l'amour opérant tout bien parmi les hommes.

Vous faut-il un signe ? Si petit qu'il paraisse, il porte en lui toute la force de la vérité.

L'Angleterre n'a pas, dans son régime politique, répudié le nom du Christ ; elle est épargnée encore par la tempête révolutionnaire qui se déchaîne sur la France ; mais elle est séparée de l'Eglise : avec tous ses trésors, sa puissance et ses vastes empires,

elle n'a pu pêcher au fond des mers indiennes la
perle incomparable qu'on nomme : sœur de charité ;
elle la demande à la France, et c'est la France catholique qui lui fait cette royale aumône.

Et sur la terre de France, toutes les singeries
sataniques de la fécondité du Christ, toutes les
phrases humanitaires, tous les budgets dont la Révolution dispose, sont radicalement impuissants à
remplacer la sœur de charité proscrite, tant il est
vrai que de la base au sommet de la pyramide sociale
le ciment qui relie les âmes est un ciment chrétien !

Ah ! si la monarchie qui viendra relever les ruines
amoncelées par la république est vraiment chrétienne de nom, de cœur, d'action, elle aura une
énergie capable de régénérer, par degrés, non seulement une patrie, mais tous les peuples baptisés de
l'univers.

Il est un autre mot, monsieur, que la république
grave sur ses monuments : fraternité. Peut-être le
lisez-vous comme un article sincère de son programme. C'est une fausseté de plus et une ingratitude nouvelle, entre toutes la plus odieuse, envers
la foi chrétienne.

Deux choses sont certaines. La première, c'est que
la fraternité n'est pas l'égalité ; elle s'harmonise avec
la monarchie aussi bien qu'avec la république.

La seconde, c'est que la fraternité humaine, deux fois vraie, est une vérité due tout entière à la foi catholique.

Faut-il donc, monsieur, pour être frère, passer un niveau de fer sur la tête d'un frère? Etrange idéal de l'amour fraternel! il faut en convenir.

Quoi! l'on est engendré par le même sang, on puise dans le lait maternel une même vie, et l'inégalité accidentelle suffira pour briser cette communauté immortelle de sang et de vie! Mais si je deviens plus fort et plus grand que mon frère, n'aurai-je pas, en me penchant vers lui, un plus grand amour? Si c'est lui qui s'élève, ne dois-je pas être fier de sa grandeur?

Il doit en être ainsi dans toute la largeur de la famille humaine. Ce qui, en elle, devient un sommet de force, de richesse, de science ou de génie, appartient à l'humanité tout entière. Chacun de ses membres en profite et s'en glorifie. Tout ce qui, en elle, est souffrance fait palpiter les entrailles de tous.

Si vous me dites que tel n'est point le réalisme de la nature humaine, que la moindre inégalité la révolte, et qu'il en est d'absolument intolérables, je vous répondrai que c'est là l'énigme du monde du mal et de l'épreuve, et que le christianisme seul donne le mot de cette énigme.

Vous ne voyez pas assez, monsieur, et le monde incroyant ne voit pas du tout que le péché primitif est la perturbation radicale de l'univers.

Avant la chute, et par soi, l'inégalité de dons pour chaque membre de l'humanité devait être un honneur de plus pour la nature humaine et une joie pour tous. Cela ressort de l'essence des choses et de l'unité fondamentale qui relie ses membres, et nul obstacle à ce que telle fût la réalité; car tous les fils de cette grande famille, ayant le plein épanouissement de leur personnalité, aucun ne pouvait ressentir la douleur de la privation et le mal de l'envie, et un contraste était inconnu : celui d'une souffrance en face d'une volupté.

Toutes les joies et les grandeurs de l'humanité ont reçu en elles le poison du crime originel. Comme le travail, primitivement gloire, l'inégalité est devenue, comme le travail, une peine; ainsi en est-il de la fraternité. Est-ce que la maternité elle-même, avec toutes ses gloires, n'a pas aussi sa flèche empoisonnée ?

Et veuillez le remarquer, monsieur. Ce qui fait ici, comme partout, du Christ un Rédempteur, c'est ce phénomène merveilleux. En même temps qu'il explique l'énigme, il inspire à ceux qui vivent de lui un zèle infatigable pour remédier aux excès de l'inégalité terrestre. Il apporte aux hommes la

bonne nouvelle d'une vie d'outre-tombe d'autant
plus belle qu'on aura mieux supporté les misères de
la vie présente. Il verse incessamment dans les âmes
une vertu surnaturelle pour faire, à travers les
ruines de la nature déchue, refleurir la rose native,
la fleur divine de la fraternité. N'ayez point peur du
mot de chrétienne, ni pour la fraternité, ni pour la
royauté. Royautés et républiques, liberté, égalité,
fraternité, tout a besoin du couronnement chrétien.
Mais la fraternité, plus que tout autre peut-être. En
vain, la Révolution se targue de ce mot. Qu'en fait-
elle, grand Dieu !

Ce n'est pas le système de l'homme petit-fils
du singe par des avatars successifs, ni l'idéal de
Proudhon. « L'homme souverain dans sa cabane,
indépendant de Dieu et des hommes, » ni le cri sauvage du nihiliste : Vive la destruction ! ni l'enfouissement civil avec son néant sans fin, qui ont le droit
de proclamer le dogme de la fraternité humaine, ils
le tuent. La Bible en est l'unique révélatrice, et
l'Evangile le seul et incorruptible conservateur.

C'est à cette clarté surnaturelle qu'on le voit, qu'on
le sent, et qu'on le pratique, ce dogme sublime.
Oui ! les hommes sont frères, ils le sont deux fois :
dans l'ordre de la nature, parce qu'ils viennent d'une
première et unique union ne formant qu'une seule
et même chair ; dans l'ordre de la grâce, parce

qu'ils sont tous les fils adoptifs du Père qui est aux cieux.

Voilà la fraternité humaine. Il n'y en a pas d'autre. C'est la république sans Dieu, ce n'est pas la monarchie chrétienne qui la foule aux pieds. Quand la monarchie chrétienne revevait les cendres sur son front et Dieu dans son cœur, le même jour que le plus humble des citoyens, sur toute l'étendue de la terre française ; quand, le jeudi saint, elle lavait les pieds des pauvres, les admettait à sa table ou les servait de ses propres mains, elle proclamait la fraternité de poussière et de gloire, plus haut que tous les édifices républicains ne le feront jamais.

Ce n'est pas tout, monsieur, que de vous montrer la monarchie réalisant les biens qui vous semblaient les fruits réservés du champ républicain. J'ai à vous montrer que les fruits vraiment réservés viennent sur le sol monarchique tout seul. Elle donne tout ce que la république peut produire, elle donne des biens que la république ne peut pas donner.

Vous le dirai-je tout d'abord ? La monarchie est tellement harmonique à la nature humaine que, parmi tous les gouvernements du monde, l'immense majorité est de forme royale.

L'esprit de la royauté plane, dès la première heure, sur le berceau du genre humain.

Si l'antiquité a de petites républiques dont la voix traverse les siècles, elle montre toujours les multitudes vivant sous de grands empires. Tous les peuples dont la carrière peut se juger parce qu'elle est finie, ont eu leurs jours de monarchie. La république chez eux se montre inévitablement entre deux royautés, et, ce qui est bien plus digne de remarque encore, c'est que ces républiques étaient des aristocraties pures. La république démocratique est une rare exception ou une grande nouveauté dans l'histoire du globe. Ce qui est indéniable aussi, c'est que, dans leur plus glorieux épanouissement, elles ont toujours et partout porté le nom d'un homme.

A l'heure où j'écris, monsieur, douze cent millions d'âmes humaines sont sous l'autorité d'un sceptre ; cent millions à peine n'ont pas de roi, et la grande majorité de ces derniers appartient à une terre neuve, où pas une république n'a l'âge d'un siècle.

Si l'on prend l'humanité en bloc dans les soixante générations qu'elle a vécues, et les *milliards* de têtes qui ont passé sous le soleil, plus des neuf dixièmes ont grandi à l'ombre d'une couronne. Cela est ainsi, parce qu'elles l'ont voulu ; car les peuples ne vivent pas durant de longs siècles sous un régime dont ils ne veulent pas.

La nature humaine a donc des affinités profondes avec la monarchie, et, à moins de prétendre que l'humanité tout entière a été frappée de vertige pour ses intérêts les plus visibles, on peut affirmer que l'expérience et l'instinct l'ont consacrée comme le régime supérieur à tous les autres.

Or, monsieur, j'espère vous le prouver, la raison prononce le même jugement.

I. Le plein épanouissement du principe d'autorité, gage de la paix publique :

Sa permanence à travers les âges :

Tels sont les caractères propres et incommunicables de la royauté. Ce sont les diamants inaliénables de la couronne.

Aussi bien que la liberté, monsieur, l'autorité est une condition indispensable de l'ordre. Elle en est la première. Sans autorité protectrice, ni liberté, ni sécurité pour l'exercice d'aucun droit. Plus rien que le chaos.

Ce n'est pas vous, monsieur, qui le nierez.

L'autorité, dans sa source première, appartient à Dieu seul, l'unique auteur et l'ordonnateur universel de toutes choses. C'est d'une évidence éclatante pour tout esprit qui n'a pas abdiqué les lumières du sens commun et fait le plongeon dans le gouffre sans fond de l'athéisme.

D'où, en effet, pourrait venir à l'homme le droit de commander à l'homme, par nature, son égal ?

Serait-ce parce qu'il en sait davantage ? où sera l'examinateur ?

Parce qu'il a raison ? où sera le juge ?

Parce qu'ils sont mille contre un ? Mais ils seraient cent mille pendant cent mille ans à frapper un homme dans son droit, est-ce que, à force de coups et d'années, ils mettraient avec eux la justice ? ils n'auraient affirmé que la souveraineté de la force brutale, négation souveraine de l'intelligence et de la liberté : rien de plus.

Parce que le hasard a fait certains hommes plus riches et plus heureux que la foule ? Mais qui empêche la foule de rompre les rangs des riches et des heureux, de les écraser, d'emporter leurs dépouilles ?

Est-ce au nom de mon intérêt bien compris que vous me commandez ? Mais si je le comprends autrement que vous-même, à ma façon ?

Est-ce au nom de l'ordre ? Mais qu'est-ce que l'ordre pour moi, si cet ordre me gêne, et s'il n'est nulle part une autorité plus haute que vous et moi pour l'imposer ?

Est-ce au nom de la nécessité ? qui me la prouvera ? Mais la nécessité n'est, après tout, si en elle il n'y a rien de plus, qu'une forme nouvelle et la plus dure de la force ; or, la force pure n'a pas droit à l'obéissance : tous les pouvoirs de l'univers auraient beau accumuler la force sur la force, ils ne l'élèveront jamais à la hauteur du droit.

Le droit de commander n'appartient qu'à Dieu. Dieu seul est le maître universel, parce qu'il est l'auteur universel.

Dieu seul est le générateur de l'autorité, ou plutôt l'autorité même. Il dépose au sein de la société l'autorité nécessaire à la vie sociale, afin que la multitude incapable, avec ses mille têtes, de remplir la fonction gouvernementale, désigne (1) ceux qui doivent l'exercer. Ceux-ci désignés, l'autorité descend du ciel sur leur tête. Elle peut descendre assurément sur des consuls, des juges, un conseil d'anciens ou des prophètes, comme sur un roi. Mais, hors du gouvernement théocratique direct, qui n'exista qu'une fois pour être le symbole impérissable de la souveraineté divine, la royauté est le signe par excellence de l'autorité. Mieux que toute autre forme de pouvoir, elle en représente les éléments essentiels.

Unité dans le gouvernement.

Discipline dans la hiérarchie sociale.

Dignité dans la multitude des gouvernés.

— Unité de gouvernement : cela est incontestable d'abord comme efficacité d'action. Il n'est pas de

(1) Il est bien entendu qu'il s'agit du droit primitif ; lorsqu'une fois ce droit est exercé, le peuple ne l'a plus.

force directrice au monde qui, par dessus tout, ne
doive être et ne soit *une*. Si le visage de l'homme a
deux yeux, il n'a qu'un regard. Si le mouvement
du corps de l'homme implique l'action de plusieurs
membres, il n'y a qu'un seul acte moteur. L'action
sans unité n'est qu'un conflit de forces qui se neu-
tralisent et un piétinement sur place. Les républiques elles-mêmes en sont si convaincues, que leur
pouvoir exécutif a toujours un homme pour premier
ressort, dût ce pouvoir changer cet homme tous les
jours. Mais un commandement qui varie sans cesse
perd, avec la constance, le sceau de l'unité. Si le
divorce est justement flétri du nom de polygamie
successive, un changement de pouvoir tous les dix
ans, sans qu'une pensée supérieure lui survive,
n'est pas autre chose que la multiplicité, le désordre, la dissolution du pouvoir, il en porte en soi
l'incurable faiblesse. L'expérience universelle, les
apologues des poètes, les sentences des philosophes
parlent ici comme l'Evangile. Toute maison divisée
en elle-même périra. L'unité seule fait la pleine
puissance de l'acte : qui peut le nier ?

Or, n'est-il pas évident que l'unité de personne
dans l'exercice du pouvoir est le cachèt le plus
éclatant de l'unité gouvernementale? Voilà pourquoi
elle a une valeur de prestige égale à l'efficacité de
l'acte, et ce n'est pas un vain mot, c'est une grande

chose que le prestige. Quoi que l'on dise et que l'on fasse, une convention, si autoritaire qu'on la rêve — et ce serait un mauvais rêve — n'aura jamais, en face du soleil, le rayonnement moral de la royauté. Quoi que l'on dise et que l'on fasse, l'imagination et le sens populaire sont fortement saisis par l'éclat des pompes royales convergeant vers un front couronné.

Avez-vous vu défiler une armée de cent mille hommes? la foule y cherche, pour l'acclamer, le général en chef, symbole suprême de sa force, de son patriotisme et de son honneur.

Ne vous y trompez pas, monsieur, cet instinct irréfléchi des multitudes révèle une loi cachée de profonde philosophie. Si le regard embrasse l'univers entier, il voit bien qu'un maître unique le dirige comme un seul le créa ; il sent que l'unité est la beauté souveraine de toute œuvre de Dieu et de l'homme, de tout gouvernement comme de toute idée, de même qu'elle est aussi la condition première de la divinité. Aussi cet instinct n'est pas seulement dans les multitudes, il est au fond de tous les esprits qui pensent, et je ne sais, monsieur, si vous, avec les autres, tout républicain que vous êtes, ne vous sentiriez pas plus ému par un regard vraiment royal que par le cortège de la Chambre et du Sénat réunis.

Pour moi, je l'avoue sans crainte de m'humilier, le sillage solitaire de l'aigle roi des airs planant dans l'immensité du ciel m'a toujours paru plus majestueux que l'éparpillement d'une volée de moineaux jaseurs et pillards s'abattant sur les riches moissons : et si on me dit que l'aigle est un oiseau de proie, je réponds qu'il est toujours plus grand que la bande des faucons vulgaires.

A parler sans figure, monsieur, vous le savez, je ne suis pas suspect. Je n'ai point, comme d'autres, le culte aveugle d'une race et d'un roi. J'aime au moins autant que vous, républicains raisonneurs, à fouiller jusqu'à la racine des choses pour en distiller la quintessence. Eh bien! comme la foule, je me sens ému, et ne m'en défends point, par l'auréole de la majesté royale. Si petit que soit le front sur qui elle se pose, j'y vois resplendir toute la grandeur de la nation. Elle se concentre sur ce front souverain, et je trouve là, en un seul point, plus d'autorité morale que dans l'assemblée de 500 députés, représentant chacun un cinq centième de pouvoir, députés dont l'un, d'ailleurs, était hier un parvenu de l'émeute affolée, dont l'autre demain, peut-être, si le vent tourne, ne sera plus qu'un déporté.

Mais le Sénat romain ? dites-vous. *C'était une assemblée de rois.* Cet éblouissement d'un étranger, à sa vue, prouve précisément, monsieur, l'idée reçue de la majesté monarchique comme incommunicable à la forme républicaine. Et puis, Rome était une exception sans rivale dans l'histoire du monde. Cette aristocratie d'une cité-reine, prédestinée à conquérir par la force du glaive l'univers connu, faisait en réalité de chaque citoyen romain comme le roi d'un peuple de tributaires et de sujets captifs. Rome antique d'ailleurs est morte, elle a pris avant sa mort la pourpre des Césars ; les Césars comme le Sénat dorment à jamais dans la même poussière ; — et Rome chrétienne, depuis des siècles plus longs déjà que ceux du peuple précurseur, offre le spectacle et donne la leçon d'une bien autre majesté.

Le prestige de l'autorité royale n'existe pas seulement pour le peuple vivant à sa lumière. Il est si naturel à l'humanité qu'il rayonne au dehors et que la République française, hier encore, pour ne pas s'amoindrir dans l'extrême Orient, a cru de son honneur de se donner un titre usurpé. Elle s'est nommée : Royaume de France.

II. La royauté chrétienne garde cent fois mieux que toute république la discipline et la hiérarchie sociale.

En premier lieu, parce qu'elle est royauté.

Toujours à la même place inviolée, elle est comme le sommet de la pyramide, dominant, mais affermissant, avec l'ordre général, l'ordre particulier de chaque assise et de chaque pierre. Elle montre à tous, par son inviolabilité même, qu'il est des vérités immuables et des lois d'architecture morale que ni l'humanité, ni les peuples ne peuvent ébranler sans faire pencher l'édifice. Mais laissons cette image de monument pétrifié. La société, ne l'oublions pas, est un corps vivant où tout respire et se meut, où rien ne doit porter l'image de la mort.

Or, il ne respire l'air vital, et ne se meut dans l'ordre que si chacun des organes qui le composent observent, en eux-mêmes, la discipline, et vis-à-vis les uns des autres la hiérarchie conservatrice de l'unité.

L'armée n'est rien sans discipline intérieure. Elle est pire encore si elle n'obéit pas au pouvoir.

Dans l'ordre administratif, les lois ne peuvent être exécutées, le pays ne peut être gouverné que par une série d'agents qui communiquent le commandement de proche en proche, et font arriver jusqu'aux extrémités du corps social la pleine vertu de l'autorité.

La magistrature est, par essence, comme organe de la justice éternelle, indépendante des influences des pouvoirs; mais c'est au nom du pouvoir civil qu'elle doit rendre ses arrêts, et faire observer les lois pour le bien général.

Si des représentants de la puissance publique on passe aux éléments eux-mêmes de la nation, la famille, le premier de tous, ne peut vivre en elle-même que d'autorité, de discipline, d'amour et de respect. La famille d'ailleurs, comme l'individu, se doit à la patrie et accomplit tous les devoirs civiques.

La commune, constituée dans la concorde et dans sa juste autonomie, est solidaire aussi de la grande communauté nationale, il faut que cette solidarité s'affirme par la complète unité de lois et de patriotisme.

Dans une société démocratique comme la nôtre, assurément, il ne doit et ne peut y avoir aucune couche sociale fermée à sa voisine, et de l'une à l'autre, il s'exerce un perpétuel mouvement d'ascension. Mais, il demeure et demeurera toujours une diversité de culture intellectuelle, de fonctions, et de dons natifs qui rendent absolument nécessaires des rapports de respect en bas, de protection en haut de l'échelle. De quelque nom qu'on les désigne et quelque mobile que soit la distinction, il y aura toujours des inférieurs et des supérieurs.

Enfin, il est des lois immuables qui sont les bases de la civilisation même : religion, morale, propriété, sécurité. Plus elle sont respectées, mieux apparaît l'ordre public. Partout et toujours l'esprit de discipline est, chez un peuple, la splendeur de l'ordre.

Eh bien! monsieur, je ne vous dirai pas que l'esprit de discipline est incompatible avec la république : ce serait trop. Mais je vous dirai : L'écueil du régime républicain, c'est une tendance perpétuelle et inévitable à l'indiscipline. Je vous dirai : Le règne permanent d'une autorité que les siècles respectent et saluent en passant comme une survivante indestructible, est une clef de voûte inébranlable aussi pour toutes les autorités sociales.

N'est-il pas vrai, monsieur, que l'inviolabilité de la couronne du roi rejaillit sur la couronne du père au sein du foyer domestique? Est-ce qu'elle n'est pas une leçon de respect aussi du serviteur pour le maitre, de l'enfant pour son instituteur, du peuple pour le magistrat, du soldat pour son chef? N'est-il pas vrai que cette autorité suprême communique encore quelque chose de sa force morale au plus modeste agent de l'autorité publique?

Or, on peut l'affirmer sans crainte d'être démenti par aucun observateur loyal, cette force morale est plus que jamais nécessaire : qui osera le nier, monsieur? De toutes parts la discipline se détend, et sur tous les points, l'autorité vraie décline.

D'un bout du monde à l'autre on entend le même cri : le respect s'en va, l'autorité se meurt.

Depuis les lycéens révoltés jusqu'à l'accusé insultant ses juges, depuis l'assassinat des gardiens de la paix jusqu'aux parricides multipliés, de la mansarde au palais, de l'outrage aux ministres de Dieu jus-

qu'aux incessants persiflages de tous les pouvoirs
civils ou domestiques, le siècle voit des signes de
révolte et d'indiscipline universelle que les siècles
leurs prédécesseurs n'ont pas vus.

Si un jour le Christ est remis à sa place, qui
n'est autre que la première ; le roi traditionnel à la
sienne, la seconde ; l'une et l'autre restaurations
accomplies par le retour libre de la nation restaure-
raient, croyez-moi, d'un seul coup bien d'autres
autorités.

Ah ! ils le savent bien, les radicaux rêveurs d'une
anarchie sans frein, ils savent bien que toutes les
autorités sont solidaires, lorsque dans les mystères
de la maçonnerie, avec d'horribles formules, ils
jurent haine au trône en même temps que haine à ·
l'autel.

Il y a plus, monsieur, si la royauté, en tant que
simple royauté, enseigne le respect, la monarchie
chrétienne l'enseigne surtout parce qu'elle est chrétienne.

Que de fois, et que de grandes voix ont dit : Le
christianisme est la plus grande école de respect.
J'ajoute : et d'obéissance. L'obéissance est au même
titre que l'autorité, absolument indispensable à
l'ordre. Elle n'est autre chose que l'autorité dans
la plénitude de son acte. L'autorité a deux faces :
droit de commander, devoir d'obéir.

Qui ne le sait, monsieur? La vie et la doctrine de l'Eglise catholique sont d'admirables et incomparables leçons d'obéissance. L'Eglise a toujours obéi à son chef suprême, et toujours prêché l'obéissance aux pouvoirs civils. Que dis-je? l'Eglise a fait de l'obéissance la gloire et le signe suprême de la vertu. Le vœu d'obéissance est le couronnement des vœux chrétiens. C'est que l'Eglise est l'épouse du Christ, et que le Christ est son maître. Or, le Maître lui-même a proclamé comme sa loi la volonté de son Père à accomplir, et il y fut obéissant jusqu'à la mort de la Croix; il ne se contente pas de faire rendre à César ce qui appartient à César; mais lorsqu'il comparaît devant l'autorité constituée de Jérusalem, un acte et une parole, également significatifs, révèlent à la fois et le *principe divin de l'autorité* et *la loi de l'obéissance.* Voici la parole : Vous n'auriez point pouvoir, dit-il, si ce pouvoir ne vous avait été donné d'en haut. Et voici l'acte. Le Christ a subi volontairement jusque dans son plus odieux abus l'exercice de ce pouvoir.

Après le Maître, le grand Apôtre ne cesse de proclamer dans toutes les formes cette loi divine de l'obéissance, et son précepte fondamental embrasse la hiérarchie toute entière.

« Soyez soumis aux puissances plus hautes.

« *Subditi estote potestatibus sublimioribus.* »

Pourquoi donc ce comparatif, sinon pour exprimer la gradation dans les puissances? pour faire bien comprendre que ce ne sont pas seulement les derniers sujets au bas de l'échelle qui doivent obéir? Cela veut dire : Toute puissance elle-même doit se soumettre à celle qui, dans sa sphère, la domine, et toutes les sphères convergent dans un centre unique d'autorité, lequel n'est autre que Dieu même. Ainsi de puissance en puissance, de sphère en sphère, le gouvernement de la création tout entière remonte à Dieu.

Vous le voyez, toutes les avenues de la pensée conduisent à cette vérité.

— Voilà pourquoi, monsieur, la monarchie chrétienne — et c'est un bienfait de l'autorité royale auquel peut-être vous ne songiez pas — respecte, mieux que tout pouvoir venu de l'homme, la dignité et la fierté de ceux qui obéissent.

Un jour, le disciple révélateur par excellence de de l'invisible, saint Jean l'Evangéliste, introduit par un ange dans les splendeurs de la Cité céleste, veut se prosterner devant le messager de Dieu. L'ange l'arrête et lui dit : N'en faites rien. Je ne suis qu'un serviteur comme vous. C'est Dieu seul qu'il faut adorer. « *Deum adora.* »

A bien plus juste titre, tout roi chrétien digne de ce nom doit nécessairement dire à celui qui serait

tenté de s'incliner trop bas devant sa majesté :
Relevez-vous, on n'adore que Dieu.

J'ose vous dire davantage. La monarchie, par elle-
même, indépendamment de cette vue surnaturelle,
est un symbole visible de la liberté, et par suite de
la dignité de l'obéissance. Ne criez pas au paradoxe.
Vous allez, je l'espère, en convenir tout à l'heure.
Sur ce point, à la plus simple réflexion, les préjugés
irréfléchis s'évanouissent comme des brumes à la
lumière du soleil.

Oui ou non, je vous le demande, l'autorité repo-
sant sur le front d'un seul homme a-t-elle le signe
de la force brutale, ou bien de la force morale?

Oui ou non, un homme, par soi, matériellement,
est-il autre chose qu'un atome devant la multitude?
Cet atome n'est donc si grand que parce qu'il porte
en soi quelque chose de plus grand que l'homme :
le pouvoir.

Uu homme, un seul, quelquefois pas même un
homme, une femme, un enfant, ce qu'il y a de plus
faible au monde, commandant ce qu'il y a de plus
fort, à un peuple de cent millions, et devant qui
tous les fronts se découvrent! comprenez-vous ce
haut enseignement de la puissance morale de l'autorité?

Lorsqu'une immense vague populaire soulevée
par les flots d'une passion violente va battre les murs

d'un palais, on voit bien passer la force, la force usant et abusant d'elle-même ; mais on ne voit pas une idée morale passer. Cet appareil de force, plus il est violent, plus il est redoutable, plus il est lourd, moins il porte en soi le sceau majestueux de la justice.

Lorsqu'un souverain — et cela s'est vu — sort, seul et sans armes de son palais, pour aller au-devant d'une foule en pleine effervescence, et qu'elle s'incline, pour ainsi dire, à son insu, sur son passage, et se calme soudain par une sorte de magie, n'est-il pas vrai qu'on sent là une autorité librement acceptée de tous, consacrée par quelque chose de divin? Car enfin, il est mille et mille fois clair qu'un homme ne peut pas faire la loi à un peuple malgré ce peuple ; et ceci, pour le dire en passant, monsieur, est une réponse à un autre que vous.

Non ! quoi qu'on en dise et quoi que l'on fasse, on ne pourra jamais gouverner et sauver un peuple contre sa volonté ; et si un monarque voulant le bien est nécessaire, il faut aussi que la nation sache le comprendre et veuille l'accepter ; sinon, le roi le meilleur ne pourra remplir sa mission.

Cette parenthèse fermée, je conclus : donc l'obéissance du peuple à un roi, si elle est durable, implique son adhésion libre au nom d'un principe

supérieur à l'homme. Donc la dignité, l'honneur des
sujets, éclatent mieux quand c'est la faiblesse
matérielle, quand c'est un seul homme qui règne et
gouverne. Sous ce régime, la discipline est mieux
symbolisée et mieux gardée. L'unité de gouvernement, avec sa vigueur d'action et son prestige éclate
dans toute sa lumière. Tous les éléments d'ordre et
de vie, en un mot, que renferme le principe
d'autorité atteignent leur zénith. Donc la monarchie
chrétienne n'apparût-elle qu'un jour avec ces traits
augustes, ce jour suffirait pour la graver à jamais
dans la mémoire des hommes.

Mais il faut qu'elle vive autrement qu'en souvenir.
Il faut quelque chose de plus à un peuple qui n'est
pas fait pour mourir, il faut la consécration de la
durée. La durée est le sceau suprême de la force,
car c'est la vie ajoutée à la vie, la gloire ajoutée à
la gloire, le progrès au progrès, la richesse à la
richesse, la science à la science, et à cause de tout
cela, elle est l'aspiration indestructible de tout être
intelligent et libre. Cela seul est vraiment vivant qui
est immortel.

Aussi, la monarchie ne serait que l'ombre d'elle-
même et ne donnerait que l'éphémère apparence
des biens qu'elle s'honore de produire, si elle ne
portait, elle aussi, le gage de sa durée, si elle
n'achevait de s'identifier avec le peuple en partageant

13

ses vicissitudes à travers les âges, si elle ne ceignait
avec lui son auréole d'immortalité. La monarchie
doit donc être héréditaire ou ne pas être, et c'est
avec raison que l'on a dit : La monarchie, c'est
l'hérédité.

Lorsqu'on réfléchit à la puissance et à la splendeur
de ce principe héréditaire, qu'elles paraissent pauvres, grand Dieu, les déclamations clichées sur les
hasards de la naissance ! L'hérédité est une loi
primordiale de l'humanité. Elle est écrite au plus
profond de notre sang et de notre âme. Certes, nous
le savons, et nous le sentons, comme toutes les
puissances humaines, elle est empoisonnée par le
virus du crime originel. Elle en est le douloureux
et impérissable témoin ; car à chaque génération de
l'homme, le mal livré à la pente de la nature est
plus transmissible que le bien. Mais en soi, c'est une
des plus grandes gloires de l'humanité ; grâce à l'aide
de Dieu, aux efforts généreux de la génération qui
passe, au sens filial et paternel indélébiles, le bien
est transmissible, la tradition n'est pas un vain mot,
et cette lampe sacrée du poète que les siècles d'âge
en âge se passent les uns aux autres, est l'image
vraie des sentiments d'honneur et de foi immortels
qui doivent, jusqu'à la dernière heure de la carrière
humaine, faire battre le cœur du dernier fils de
l'homme.

L'hérédité, mais elle est l'âme de l'âme sociale, la famille. Dans la famille aussi se retrouvent les hasards de la naissance. Faudra-t-il découronner son chef de son autorité parce qu'il n'aura pas tout le génie paternel? Mais peut-être çe chef sans génie servira-t-il à continuer une race, qui, sans lui, s'éteindrait et demeure, par lui, capable de relèvement. Ce ne sont pas les grands et les nobles seuls qui tiennent à l'héritage du nom et du champ de famille; le dernier des enfants du peuple a dans le fond du cœur cette loi gravée comme le fils des Scipion ou des Montmorency.

Tous les grands monuments de la vie du monde sont des hommages à l'hérédité. Le verbe de Dieu lui-même l'a proclamé de sa voix souveraine. A chaque page de la Bible on voit éclore la fleur et mûrir les fruits de l'hérédité. L'Evangile, qui renferme tous les enseignements, qui porte en soi tous les secrets de la vie naturelle aussi bien que surnaturelle, l'Evangile nous donne la plus éclatante leçon d'hérédité qui ait jamais frappé l'oreille humaine et retenti sous le soleil. L'Evangile ne dédaigne pas de joindre à la généalogie éternelle du Verbe incréé, la généalogie mortelle de l'homme-Dieu. Il la raconte deux fois; il y a plus. Comme pour mieux faire sentir l'hérédité virile, et la prédominance, en quelque sorte, de l'état légal, si l'on me passe la hardiesse de l'expression, sur le cri des entrailles et du sang, par deux fois, il fait aboutir cette généalogie sublime à Joseph, l'époux de Marie.

Les hasards de la naissance ! Certes, je ne les nierai pas. Mais croit-on qu'en les brisant c'est à la vertu qu'on ouvre la porte ? Je connais d'autres hasards qui, pour n'être pas de la naissance, n'en sont ni moins terribles ni moins funestes. Je connais, et comme moi vous connaissez des hommes qui ne sont point de souche royale, mais dont l'autorité ne fut en France, pour cela, ni moins impérieuse, ni plus pure et plus bienfaisante à la patrie.

Nous n'avons pas besoin de chercher au loin des souvenirs. Il en est près de nous qui oppriment le cœur d'une angoisse que rien n'est venu soulager. Lorsqu'au lendemain de la guerre de 1870, un homme, un seul, fut, durant de longs mois et sans mandat, l'arbitre suprême des destinées françaises, et dans son fol orguiel ne voulut faire appel à la nation qu'après avoir épuisé les forces nationales, est-ce que c'était là un hasard de la naissance ? C'était un hasard de la guerre civile.

Lorsque M. Jules Ferry, premier ministre, inaugure les écoles sans Dieu, et que M. Paul Bert opère sur l'âme de la France, pour en extraire la croyance en Dieu, la domination de ces hommes de

mal, est-elle un hasard de la naissance? C'est un
hasard... de l'urne électorale! Lorsque cinq cents
souverains, nouveaux nés de cette mère si souvent
prostituée aux flatteurs d'un jour, cherchent à tailler
un pourpoint à leur mesure dans le manteau royal de
la patrie, et oublient la fortune française pour ne
songer qu'à leur fortune, cette scandaleuse exploitation du régime nouveau est-elle un hasard de la
naissance? Non. C'est un hasard... du caprice des
foules. Hasards pour hasards, roi pour roi, j'aime
mieux les rois et les hasards de la naissance. C'est
Dieu qui, après tout, les fait, et les enfants de France
ont leur fortune comme leur honneur mieux liés
que les fils d'aventure à la fortune et à l'honneur
français.

Il est des régimes absolus, je le sais, des régimes
césariens, dont l'Eglise, d'ailleurs, ne fut jamais
complice, qui énervent à la fois les nations elles-
mêmes et les dépositaires du pouvoir. L'abus du
pouvoir y est proche et la pente au vertige facile.
Mais dans les royautés vraiment chrétiennes, tempé-
rées par une constitution sage et ferme, les fils de
rois sont préparés à la magistrature suprême par un
ordre de choses qui montre, pondérés dans la
mesure juste, les droits des princes et des peuples.
L'éducation de la nation et du roi se font, pour ainsi
dire, en même temps, d'une manière digne de l'un

comme de l'autre, digne surtout de Dieu, le maître
universel.

Cela ne veut pas dire, monsieur, que la puissance
royale doive s'abîmer sous les flots nouveaux de la
souveraineté parlementaire. Le césarisme des parlements est mauvais, comme tout césarisme. Faut-il
le répéter encore : il faut que le roi *règne et gouverne*. Sinon, pourquoi un roi? Mais cela veut
dire : la monarchie chrétienne est l'antipode du
despotisme.

Et puis, monsieur, il faut prendre la nature
humaine telle qu'elle se présente à nous. Est-ce une
faiblesse, suite de la déchéance? Est-ce un fait de
l'ordre général providentiel? Question stérile! Ce
qui est certain, c'est que l'homme, être *enseigné*,
est aussi un être *gouverné;* gouverné selon sa nature
d'être libre, mais enfin gouverné, c'est-à-dire : dirigé
vers sa fin.

La notion même du progrès — mot éminemment
chrétien en tant que marche vers le bien, suppose
une direction vers ce but éternellement à poursuivre, parce qu'en dépit de tous les efforts, il n'est
jamais embrassé dans sa plénitude. Et ce serait avoir
une idée incomplète de l'idée gouvernementale que
de considérer le pouvoir comme une simple machine
d'ordre public. C'est quelque chose, sans doute,
beaucoup même, mais ce n'est point assez.

Puisque gouverner, nous l'avons vu, c'est diriger des être libres vers leurs fin ; puisque la fin des êtres c'est le bien ; puisque des êtres libres n'y peuvent être conduits que librement, c'est dans l'accord de la fin à poursuivre avec le respect de la vraie liberté que se trouve le secret gouvernemental ; et comme on ne suit vraiment la route conduisant au bien qu'en ayant sans cesse la vue fixée sur le but, il suit de là que la stabilité est la meilleure garantie du progrès, de la vie, de la grandeur et de la prospérité publique.

Un peuple, comme un homme, plus qu'un homme devrais-je dire, parce qu'il n'a point de vie au delà de la tombe, répugne à la mort et aspire au développement indéfini de la vie. Aussi la monarchie chrétienne et tempérée est-elle par excellence la forme naturelle du pouvoir pour l'humanité civilisée ; par la perpétuité d'une race, elle est la compagne immortelle d'un peuple ; par sa règle puisée aux lois immuables de la religion, de la morale et de la justice, elle a un phare éternel ; par l'élasticité de ses lois contingentes, elle se prête à toutes les évolutions sociales légitimes ; par sa communauté de souffle et de vie avec la nation, elle est le gage le plus sûr de la concorde et de la paix.

Je sais bien, monsieur, qu'il se trouve des républicains, et ce sont les vrais, les logiques répu-

blicains, qui définissent la république : un provisoire
perpétuel. Ce sont les vrais, parce qu'ils sont ses
plus fanatiques défenseurs ; ils sont logiques, parce
qu'ils l'acceptent avec ses conséquences nécessaires.
Mais ils oublient, ou ils ne veulent pas voir que le
provisoire est une des misères les plus humiliantes,
les plus douloureuses, les plus frappées d'impuissance entre toutes celles qui pèsent sur le genre
humain. Il faut vraiment vivre dans des jours de
licence dans la pensée, pour qu'on ose en faire un
titre d'honneur et comme une vertu constitutive.

Un jour, monsieur, je méditais, avec une émotion
profondément inquiète pour l'avenir de ma patrie,
sur ces démences de l'esprit révolutionnaire. Soudain,
mes yeux tombent sur une gravure qui représentait
une famille royale. Hélas ! ce n'étaient pas des fils
de la patrie française. C'était encore l'orgueilleuse
patrie allemande d'où venait cette rude leçon.

Un vieux monarque était assis ; encore vaillant et
ferme d'attitude. Il tenait sur ses genoux son arrière-
petit-enfant. Debout, à sa droite, était son héritier ;
à sa gauche, l'héritier de son héritier. En tout, sous
un regard, quatre générations de rois. Un siècle
d'espérance, de sécurité, de force, d'avenir, symbo-
lisé et prophétisé dans un foyer national et royal.

— Voilà, me disais-je, la royauté vivante, la
royauté immortelle ! Le roi est mort. Vive le Roi !

Un jour, monsieur, ce cri fut le cri de la France ; et, après le Christ, il fut le principe de sa vitalité.

Dans le quatorzième siècle, la France a passé de mauvais jours. Il arriva une heure où la monarchie française était contenue tout entière dans le territoire de Bourges. Mais à Bourges était le roi, et, avec lui, l'âme et la vie du pays tout entier. Aussi, moins de cinquante ans plus tard, la France avait reconquis son territoire, sa puissance, et l'éclat de sa gloire. Ce fut un miracle, et une jeune fille porta en elle la force de Dieu ; oui, mais elle trouva la patrie debout et une dans le roi.

De nos jours, la Prusse a vu, après Iéna, des jours presque aussi mauvais que la France après Azincourt; elle n'a eu ni Jeanne d'Arc, ni miracle ; elle s'est relevée par son esprit de discipline, et son peuple intimement uni à sa race royale héréditaire. Pendant qu'à ses côtés tombait la Pologne à couronne élective, la Prusse non seulement s'est relevée, mais elle a fondé l'empire germanique et l'unité allemande; elle s'est relevée, elle nous a vaincus, et, après nous avoir vaincus dans la guerre, elle nous a dominés dans la paix ; elle écrase la France républicaine par la fécondité de son travail, de sa population, de sa science et de son génie politique.

Eh bien ! monsieur, la France, en revenant à la monarchie qui l'a faite, peut retrouver aussi les gloires et les forces perdues, son ascendant et son prestige natifs ; elle est, au fond, aussi féconde en science, en travail et en génie ; sa lignée royale est aussi riche en cœurs patriotiques et vaillants.

Demain, si nous voulions, nous pourrions offrir aux ennemis et aux amis un front aussi large de princes soutiens du trône, fils et soldats de la patrie, et grâce à la race des Bourbons de France, nous pourrions montrer à la face du ciel l'espoir de tout un siècle, dans l'éclat d'un seul jour.

Vous pourriez croire, monsieur, que j'ai tout dit. Pourtant le principal peut-être demeure à dire.

Vous avez vu les siècles et les peuples se lever devant vous pour attester que le genre humain, enfant, jeune, adulte ou en pleine possession de sa maturité, éprouvait pour la monarchie un penchant presque irrésistible et comme lié à sa nature.

Nous avons essayé de pénétrer ensemble les motifs réels de ce penchant. Car, à des tendances aussi générales, il y a nécessairement des raisons de puissance pareilles. Nous l'avons reconnu, l'hérédité royale, en dépit des vulgaires déclamations sur les institutions vieillies, satisfait aussi pleinement la raison qu'elle parle à l'imagination et aux sentiments de l'homme.

Faisons le dernier pas vers la vérité.

Vous n'avez pas oublié notre point de départ.

Les institutions sont faites pour les hommes, et
non les hommes pour les institutions ; — il faut donc,
en dernier ressort, les considérer au point de vue
positif, actuel et concret.

Il faut tenir en compte sérieux toutes les circonstances de temps, de lieu, de race, de tempérament,
d'allures, de physionomie et d'œuvres réalisées ; il
faut, enfin, pénétrer l'idée morale et sociale dont
une institution se fait la propagatrice et devient le
symbole : scruter son âme elle-même à travers sa
parole et ses actes, et de là conclure à l'avenir. C'est
par les fruits que l'arbre se juge. Plonger ainsi dans
le fait pour y saisir l'idée, une telle méthode n'est
point faite pour surprendre un homme pratique et
de théorie, tel que vous aimez à vous montrer.

Eh bien, monsieur, je suppose un instant que
l'esprit de la république française et l'esprit de la
monarchie prennent sous vos yeux un corps, un
visage, une voix.

Je suppose, — et ici, je demande pardon à vos
susceptibilités rationalistes de l'hypothèse, — je suppose qu'un de ces esprits supérieurs préposés par le
souverain juge à la garde des empires les interroge,
et qu'ils répondent. Je suppose aussi que, sentant
l'un et l'autre leur impuissance à tromper les regards
scrutateurs, ils laissent échapper de leurs lèvres la
vérité sans voile. Je suppose enfin que la France, de

la part de Dieu, soit appelée, dans l'ère solennelle que nous traversons, à se déclarer, à nouveau, l'arbitre de ses futures destinées, et qu'elle prête à l'interrogatoire une oreille attentive.

Une forme apparaît d'abord. C'est une femme aux traits vulgaires, au teint rouge, au regard farouche et bas, au front étroit, rétréci encore par un bonnet écarlate qui rivalise avec le fard des joues. Elle fait flotter sur son bras une loque de draperie grecque, reste du temps où elle visait à un atticisme, menteur comme tout le reste. Mais un poignard est dans sa main, une bombe de dynamite est à ses pieds et son geste insolent menace les hauteurs du ciel.

« — Fantôme, qui est-tu ?

« — Je me nomme : République française. Je suis la favorite de l'esprit du mal, fille de la Révolte et de l'Homicide, et la mère des enfants sans Dieu.

« — C'est une langue étrange que tu parles, elle n'est pas la même que celle de la République américaine, ta sœur aînée.

« — La République américaine n'est pas ma sœur, et ma famille n'est pas la sienne. Elle est née pour fonder une patrie. Je suis envoyée pour détruire la mienne. J'ai Dieu et son Christ en horreur. Je hais et j'exile ceux qui se glorifient de sa livrée, et qui poussent sa foi jusqu'à l'abdication d'eux-mêmes. L'Amérique croit à Jésus-Dieu et donne un refuge à ceux que je procris.

« — Comment es-tu venue au monde?

« — Je me suis incarnée trois fois depuis un siècle. Deux fois je fus chassée. Deux fois j'ai reparu. Pour la troisième, on me voit à l'œuvre, et je prouve déjà, je l'espère, que je saurai bien m'acquitter de ma tâche de mort.

« — Qu'as-tu fait dans ta première incarnation?

« — Je suis née le 21 septembre 1792, après des journées triomphales où le massacre de mes prisonniers fit fumer le premier encens à mon honneur. Mais ce n'était qu'un jeu, un léger prélude aux grandes fêtes de mon avènement. A peine montai-je debout sur les débris du trône renversé, que je fis rouler sur l'échafaud la tête du monarque vaincu. Son sang fut pour moi comme la vieille et sacrosainte liqueur dont sa race imbécile recevait sur le front l'humiliante onction. C'est lui qui m'a sacrée. J'ai donné le nom de Concorde à la place qu'il arrosa. Un million de victimes humaines fut immolé pour moi sur le pavé des grandes villes de France. Femme et fille de roi, évêques, prêtres, nobles, magistrats, enfants du peuple, tout me fut offert en sacrifice, et tout me plut. Puis j'ai ouvert une série de guerres qui durèrent jusqu'à l'épuisement d'une génération. J'ai renversé des milliers

d'autels et pillé tous les trésors que quinze siècles
de crédulité catholique avaient accumulés dans les
églises ; mais j'ai fait quand même banqueroute,
pour avoir à mon actif un larcin de plus. Hélas !
cette première apparition sur la scène fut stérile :
trop de sang fit peur.

« Je reconnais que j'ai été trop vite, car un soldat
m'a frappée au visage et me jeta sur le sol, inanimée.
L'on me crut morte, mais je me suis enfuie et je
suis rentrée sous terre — car, moi aussi, j'ai mes
catacombes, — pour en sortir après quarante années.
Cette fois, avec une simple campagne de banquet,
un seul mot : réforme, et un seul cadavre promené
dans la rue, j'ai jeté à bas, sans trop de peine, un
trône peu solide, et me voilà de nouveau maîtresse
de la fortune de la France. Ce n'était encore qu'un
leurre. Je n'avais pas mes coudées franches. Je fis
trop de phrases. Je criai trop fort : *Liberté, égalité,
fraternité*. Je laissai étioler l'arbre de la liberté par
des aspersions catholiques. Trop d'honnêtes gens se
sont faits républicains. Ils répondaient à mes cris par
leurs vieilles antiennes : *Religion, famille, propriété*. Le vent soufflait du cléricalisme avec une
force irrésistible. On me méconnut et l'on me joua.
Mes faux amis me trahirent et mes vrais amis furent
battus après trois jours d'un combat héroïque.
Encore dix-huit ans d'éclipse, mais patience ! L'éclipse

devait finir, car alors j'avais pris mes précautions.
J'avais enfoncé jusqu'au plus profond du cœur de la
France la flèche empoisonnée du Parthe : le suffrage
universel, souverain absolu, sans limite, sans règle,
sans proportion, sans mesure et sans frein. C'était
une merveille! instrument légal, souple, mobile,
insaisissable, pour avancer d'un siècle l'œuvre de la
révolution ; instrument d'anarchie, de despotisme,
de révolte universelle pour aboutir à l'athéisme final.
Je me change en termite, je ronge sans bruit la
charpente vermoulue de l'édifice social; je m'applique à corrompre la femme, l'enfant, et le prêtre si
je pouvais, pour reparaître à l'heure, le jour venu,
où un vent favorable le renverserait.

« Ce jour-là, je le guettais depuis longtemps, il
brille enfin.

« L'homme qui gouverne la France déclare la
guerre, il est vaincu. Hourrah ! pour les Prussiens.
Ils m'ont délivré de l'Empire. Au premier désastre,
je fais, au nom du peuple — bon peuple ! — une
émeute victorieuse. Ils appellent cela un crime, les
innocents ! qu'importe un crime pour arriver au
but? Le crime, d'ailleurs, est ma loi, ma voie, et
lui-même mon but. Dieu, c'est le mal ; le crime,
c'est le bien, et j'aspire sans trêve au crime final
qui porte en lui le bien parfait : chasser Dieu de
l'humanité.

« Ah ! pour le coup, j'ai bien fait les choses.
Comme don de joyeux retour, j'ai versé aussi, par
la guerre de la Commune de Paris, un fleuve de
sang français sous l'œil de l'envahisseur. Mais j'ai
eu l'art exquis d'en rejeter la tache sur les Versail-
lais, et de ma défaite apparente je me fais un piédestal pour mes triomphes de l'avenir. Le suffrage
universel de 1871 m'avait joué un tour de surprise
en jetant sur ma route une phalange de bons royalistes. J'ai failli succomber ; mais Thiers, le vieux
révolutionnaire, plus secourable que cent républicains, m'aida tout doucement à rompre cette phalange, et puis le suffrage universel a repris ma voie,
la bonne. J'ai fait déclarer bien haut par un de mes
séides : *Le cléricalisme, c'est l'ennemi ;* mais celui-
là avait encore un levain secret du vieux monde, il
n'osait pas tout dire. Je charge d'autres de s'expli-
quer mieux. Les vrais républicains arrivent : encore
un peu de temps ; je touche au but, et la France est
à moi. Vivent les dupes qui m'ont aidé à parvenir
en disant à qui voulait l'entendre, et se figurant
peut-être que j'étais tout bonnement une forme de
gouvernement comme une autre, pas plus méchante !
La Commune ? Mais n'est-ce pas moi qui l'avais
vaincue? Pauvres gens ! Non ! je ne suis pas une
simple forme de gouvernement, moi, la République française du dix-neuvième siècle, moi l'irré-

conciliable ennemie de la monarchie chrétienne.
Je vous l'ai dit, je suis fille de la Révolte, et mère
des enfants sans Dieu. Je suis un symbole, je suis un
drapeau, le drapeau de la guerre au Christ.

« J'ai chassé les moines de leur cellule, l'image
et la doctrine du Christ des écoles nationales, et le
culte catholique de la lumière du soleil. Si je tolère
la messe dans les paroisses, c'est que les femmes y
vont toujours et y entraînent quelques hommes.
Mais j'y avise et fonde l'école des femmes de l'a-
venir. Si je nomme encore des évêques et des curés,
c'est pour les tenir d'un peu plus près, et parce que
le peuple n'est pas mûr pour s'en passer. Si du
même coup je voulais compléter mon œuvre, la
majorité républicaine m'échapperait, et les instituteurs eux aussi s'enfuiraient de mes écoles. Mais
patience! Je marche, marche, marche toujours, sans
que rien me ramène en arrière. Encore un peu de
temps, et les générations nouvelles seront dignes et
prêtes pour l'antichristianisme et la mort de la
France. Les jeunes vont vite; les enfants vont bien.
Ah! c'est que j'ai des aides qui travaillent, avec moi,
à débaptiser cette vieille France chargée depuis tant
de siècles de tant d'onctions pieuses et de tant d'eaux
baptismales. J'ai trois grandes armées : la science
orgueilleuse insurgée contre la foi ; la luxure qui
abrutit les âmes, énerve les corps et stérilise la

semence de vie ; la haine, sans cesse aiguisée par toutes les convoitises à la fois, qui pousse les affamés à se ruer contre les jouisseurs.

« Quand j'aurai déshonoré la France et tué sa virilité, je la jetterai comme une proie sous les pieds des nations qui font encore des hommes, parce qu'elles croient en Dieu. Qui donc parle encore de revanche et de patrie? Pas plus que de religion et de liberté, je ne veux aucune patrie. Je les ferai disparaitre l'une après l'autre, et c'est à l'humanité toute entière, courbée sous le joug d'une république sans frontière, que j'inoculerai l'athéisme; alors viendra ce que vos vieilles langues du passé nomment le chaos et la barbarie ; mais ce que j'appelle : émancipation, suprême épanouissement de l'humanité dans sa gloire, sans maître, sans lois et sans autels. »

J'ai donné, monsieur, je l'avoue, une forme un peu vive à l'histoire contemporaine. Mais c'est de l'histoire. Je défie tout penseur sérieux d'en contester la stricte et sombre réalité.

Il est incontestable, pour ceux qui suivent la marche des choses, que la république française, par ses origines, ses tendances, ses actes, son esprit, n'a rien de commun avec les autres formes républicaines qui ont traversé les annales du monde. Elle est la haine vivante de Dieu, de la patrie et de l'humanité. En le disant, elle a dit vrai.

Ce n'est pas ainsi que vous l'avez vue et comprise, je le sais. Mais je vous affirme qu'en la servant, c'est, malgré vous, à cette œuvre que vous donnez la main.

Heureusement, monsieur, le génie de la République n'est pas infaillible dans ses visées fatales. L'esprit de la France est malade et son corps est emprisonné dans les liens de la révolution ; mais la vraie France n'est pas morte. Comme il y a la contagion des miasmes mortels, il y a aussi une solidarité de vie contre laquelle aucun triomphe passager du mal ne prescrira jamais.

Plus haut que l'horrible langage de la révolution, la prière des saintes croyances, monte, monte toujours et perce les ombres qui nous enveloppent. Je parle à un philosophe, mais je ne veux point pour cela taire ma grande espérance chrétienne. Après tous les arguments de la raison humaine, et au-dessus d'eux, un catholique, pour les confirmer et non pour les désavouer, jette le cri suprême de sa foi invincible. Tant que le sang du Rédempteur baignera la terre française, en coulant à flots sur des milliers d'autels, pierres sacrées faites d'ossements de nos martyrs, je ne désespèrerai jamais du salut de ce peuple qui fut, par excellence, le peuple de l'apostolat. Jamais !

Regardez, d'ailleurs, monsieur, et écoutez.

A peine le génie de la république a-t-il fini d'insulter le ciel et la patrie française, que l'on voit descendre des hauteurs du firmament une autre apparition d'un caractère bien différent. Son front mâle et doux, fier et grave à la fois est surmonté d'une couronne royale. Un manteau de lys flotte sur ses épaules. De l'une de ses mains elle soulève un globe, et de l'autre elle tient un glaive dont la garde forme une large croix.

« — Qui es-tu, dit encore la voix d'en haut.

« — Je suis la Monarchie française, fille du Christ et de l'Eglise, mère de quarante générations d'hommes libres et courageux.

« Aucune autre monarchie de l'univers ne peut se glorifier d'avoir vécu avec le peuple qu'elle représenta, dans une harmonie plus intime et plus vivace. Nos fautes, comme nos grandeurs, furent communes, car tous les deux nous sommes de l'humanité. Mais la foi, l'honneur, la vaillance et la générosité sont les fleurons inséparables de notre diadème national. Une tempête peut le faire tomber ; mais les en détacher, je l'en défie. Jamais, pas plus que la France, tant que nos destinées furent unies, je ne fus infidèle au Christ, fils de Dieu.

« Jeune, j'ai sauvé l'Europe du cimeterre oriental. J'ai laissé sur la terre où il règne, un tel sillon de

renommée, que la poussière des défaillances contemporaines n'a pu l'y effacer.

« Je porte un globe dans ma main; j'en ai le droit,
car, sans prétendre à l'asservissement matériel du
globe sous mon sceptre, je l'ai parcouru tout entier
avec mon verbe et mon épée. J'ai protégé le faible
contre le fort; j'ai répandu sur les plages les plus
lointaines la civilisation, les arts, la science, l'Evangile, et j'ai fondé, depuis les Indes jusqu'au Canada,
des colonies fidèles où survit, à la séparation, l'amour
indestructible de la mère-patrie.

« Mon épée a pour garde une croix, car la croix
fut sa force et sa gloire.

« J'ai eu mes jours d'orgueil et de faiblesse, mais
ils sont couverts par l'immortel manteau de mes
jours glorieux. Ces faiblesses, je les ai lavées
dans le martyre où s'est pour toujours noyé mon
orgueil. Le fleuve de sang qui laisse au front de la
république une souillure ineffaçable fut pour moi,
Royauté, un fleuve de rajeunissement purificateur.

« Dans le cours du siècle qui s'achève et qu'ont
troublé tant de cruelles aventures, les années les
plus calmes et les plus prospères, les seules
vraiment fécondes et réparatrices, c'est moi qui les
donnai à la France. Depuis que je suis absente des
institutions françaises, la paix, la dignité, la puissance durable, ont partagé mon exil. Mais je suis là,

prompte à venir au premier signe. J'attends l'heure
de Dieu et la voix de la sagesse nationale qui me
rappellera. Je suis prête à rendre, à ce grand peuple
qui souffre, les biens qui, par la grâce de Dieu,
n'appartiennent qu'à moi :

« Les nobles traditions, et la force des siècles, un
ascendant moral vis-à-vis des peuples couronnés
que la république est radicalement impuissante à
reconquérir ;

« La sécurité, la concorde et la discipline ;

« L'instruction véritable et la religion comme
base immuable de la société ;

« La liberté des individus et des familles, en
même temps que les libertés publiques ;

« La fécondité du travail, le règne des lois, et
pour type des lois, l'éternelle justice ;

« La réparation de toutes les ruines matérielles
et morales accumulées par un régime antinational
et antichrétien, le respect de tous les peuples au delà
des frontières ; la liberté de l'Evangile et l'honneur
inviolé de l'étendard français sur quelque point de
l'univers où flottera le drapeau de la France. »

Ainsi parle la Monarchie. Ces deux voix qui
frappent l'oreille ont des contrastes révélateurs.
Comparez et jugez.

D'une part, comme de l'autre, inspirée par la
haine ou dictée par l'amour, la parole des deux

génies qui se disputent l'âme de la patrie est le miroir de leur pensée, elle est le miroir prophétique de l'avenir.

De quel côté, je vous le demande, est l'intérêt du pays ? Vous tous qui savez le comprendre, osez le dire, sans respect humain et sans détour.

D'un côté c'est l'ordre, de l'autre le chaos.

Ici l'honneur, et là l'ignominie.

A droite, c'est la vie ; à gauche, c'est la mort. Choisissez !

Je vous entends : La France a choisi, dites-vous. Quand cela serait vrai, elle devrait dire : Je me suis trompée. Mais non ! mille fois non ; il n'en est pas ainsi. La France n'a pas choisi. Une émeute qui passe n'est pas la France, et la parole de ses oppresseurs n'est pas sa parole.

Je ne vous dirai point, d'ailleurs, que jamais la France n'a consacré la république par un vote clair et solennel. Nous savons trop, vous et moi, ce que les plébiscites valent ; et l'étrange démenti qu'à six mois de distance ils se donnent suffirait pour en détruire l'autorité morale. Mais je vous dirai : Il n'est pas possible et il n'est pas exact en fait que le joug sous lequel la France est courbée soit du goût et de la volonté nationale.

Pourquoi la république est-elle là ?

Trois fois, vous l'avez vue acclamer par une

poignée d'insurgés, et la dernière fois, qui comptait peut-être de vos amis, elle a exploité le patriotisme avec une audace inconnue jusque-là, pour en faire un instrument de règne.

Ce n'était pas le pays se gouvernant lui-même. C'était un petit césar perdant de vue les destinées françaises dans la fumée de ses cigares.

Quand ce règne a fini, la France a eu la parole un jour ; c'est à des royalistes qu'elle l'a donnée. Alors, pendant cinq longues années, le monde a vu ceci :

La France en détresse et la royauté en exil se sont regardées avec un désir sincère de se réunir. Les préjugés d'un côté, le sentiment de l'honneur de l'autre, semblaient former une barrière que la sagesse devait garder prête à ouvrir, et dont l'assemblée, dans un accès de folle impatience, a pris la clef pour la jeter à la mer. Puis une voix, c'était une voix monarchique, a dressé pour la république un acte de naissance absolument et de tout point irrégulier. A partir de ce jour de malheur, cette république mal née se soutient chaque jour uniquement parce que chaque jour, à force de ruses et de mensonges, la lègue au lendemain. Elle ne vit que par le poids de la machine gouvernementale et la complicité des mauvaises passions déchaînées.

Vous constatez, monsieur, avec une tristesse que vous ne pouvez ni ne voulez déguiser, que la France

élit en majorité des représentants révolutionnaires
et républicains. Je le vois comme vous ; mais ce
que je vois plus clairement encore, c'est que les
députés ne sont pas les organes fidèles de la pensée
publique. Ils la dénaturent et la trahissent.

Est-il bien sûr qu'ils représentent la majorité du
pays?

Joignez les abstentions aux minorités vaincues,
que deviendra leur victoire?

Pensez-vous que l'urne électorale, avec le suffrage
désorganisé qui s'y précipite, soit le tribunal sacré
de l'infaillibilité nationale ?

Croyez-vous à la valeur morale de ce scrutin
égalitaire où l'arithmétique est tout, et le discerne-
ment des quantités additionnées n'est rien?

Si l'on prenait l'un après l'autre tous les foyers
français, et le foyer est un témoin plus sûr que
la taverne, en sortirait-il une confirmation de la
république?

Le foyer oublierait-il qu'il est lui-même une
monarchie ?

Acclamerait-il, lui qui ne vit que de discipline,
d'affection, de foi et de respect, un régime oppres-
seur des droits de la famille et révolté contre le
droit de Dieu ?

Les républicains les plus hardis n'oseraient
affronter l'épreuve.

Il est d'ailleurs un vote des foyers qui n'est pas suspect, parce qu'il révèle dans ceux qui l'expriment une résolution courageuse et dictée par ce qui trompe le moins au monde : l'amour paternel. Ce vote, il a lieu tous les jours, et je vous le signale comme la vérité vraie ; au risque de lasser, j'y reviens toujours.

Dans un nombre très grand de communes dont les conseils sont laïcisateurs, l'immense majorité des familles proteste contre les laïcisations par une fidélité inébranlable aux écoles chrétiennes.

De quel côté se trouve la voix sincère de la conscience française ?

Un dernier mot, monsieur.

Dieu me garde, assurément, de la moindre exagération. Si légère soit-elle et si bonne que puisse être la cause, elle est une arme toujours mauvaise, car c'est une méconnaissance de la vérité. Mais encore une hypothèse, tout sera dit.

Il peut y avoir, et l'on trouve en effet des républicains hommes de bien, de famille, de travail et de paix ; grossissez leurs rangs autant que vous le pourrez.

Cette réserve loyalement faite, si l'on séparait tout à coup, par une opération magique, les deux Frances vivant et respirant sur le même sol ;

Si d'un côté, se trouvait la sainte armée du

sacrifice, du dévouement, de la charité, de la chasteté et de la foi chrétienne; des familles fécondes; du travail patient et résigné ; du clergé catholique et des sublimes vestales consacrées à Dieu ; des femmes fortes enfin, reines légitimes de foyers couronnés de vertu et d'honneur

Si, de l'autre, on voyait la vaste cohue des ambitieux, des jouisseurs et des courtisanes, des aventuriers, des exploiteurs, des cupides effrénés, des prodigues et des simples fainéants, sans oublier les égoïstes et les orgueilleux.

Laquelle de ces deux armées proclamerait la République?

Laquelle acclamerait la Royauté?

Doutez-vous que cette royauté, ainsi comprise et acclamée ne soit la monarchie chrétienne?

Je vous connais, monsieur. Vous êtes de l'armée royale. Dites avec nous : Vive le Roi !

CINQUIÈME LETTRE

———

A UN IMPÉRIALISTE

MONSIEUR,

Vous êtes impérialiste déclaré. C'est un royaliste constant qui vous écrit. Par les ardeurs des luttes passées, l'on nous dirait aux antipodes. Nous avons, toutefois, des points communs. Je ne désespère pas de vous gagner à notre cause.

L'immortalité des races royales est pour vous une utopie, je le sais. Vous croyez à la succession nécessaire des dynasties, à la corrélation de chaque âge des peuples avec une souche nouvelle de monarques. Ne voyant pas nettement le courant double de 89, confondant la Révolution avec une simple évolution sociale, et méconnaissant son caractère satanique, vous avez arboré son drapeau comme celui d'une puissance légitime. Mais en dépit de cette erreur, étant d'origine chrétienne, vous avez gardé le sens et le respect de la tradition monarchique. A votre insu, peut-être, vous êtes marqué du sceau royal.

Quand vous avez vu le trône antique sombrer dans un gouffre de sang où, sur les hécatombes de nobles, de prêtres et de plébéiens, martyrs de leur fidélité, flottait l'échafaud de l'assassinat royal ; quand vous avez vu la démocratie déborder en France, sans qu'aucune des vieilles forces nationales pût contenir son irruption, vous avez cru, de bonne foi, qu'une race jeune, sortant à point nommé des entrailles du pays, répondait mieux à la nouvelle vie de la France nouvelle, et pouvait seule présider à la transformation sociale qui devait s'accomplir. Au sein de ce monde moderne, chargé d'orages et d'équivoques, travaillé par je ne sais quel droit moderne dont il est impuissant à dégager la dernière formule, vous avez salué cette jeune race comme un gage et un symbole d'ordre.

Vous avez dit :

« L'empire est une monarchie. Il en a le prestige,
« la force, la vertu. C'est une monarchie dont le
« pouvoir a, par excellence, le caractère de la force.

« Or, la force, dans le pouvoir, est un attribut
« d'autant plus nécessaire au bien du pays qu'une
« démocratie plus ardente en agite et désagrège
« davantage les éléments. Il faut, à tout prix, bâtir
« une digue en granit pour ce fleuve aux ondes
« bondissantes.

« L'empire, c'est la révolution canalisée par un
« maître-élu du peuple.

« La souveraineté du peuple est la base du droit
« nouveau. L'appel au peuple est le moyen. Le
« règne du peuple est le but : tout pour le peuple
« et par le peuple.

« Un régime qui avait eu ses gloires est mort à
« jamais. La race qui le représentait est tombée
« avec lui sans retour. A travers les ruines de cet
« écroulement, un grand homme a surgi. Porté par
« le génie des armes au faîte de la dictature, il a
« rendu à la nation le sens de l'ordre perdu dans
« les guerres civiles. Il a organisé la société nou-
« velle par un recueil de lois dont l'esprit égalitaire
« régla, avec mesure et prévoyance, l'avènement
« pacifique de la démocratie. Voilà un chef de race.

« C'est cette race, la quatrième surgissant sur le
« sol de la vieille France, c'est elle qui sera le salut
« et la sauvegarde. Seule, elle peut diriger la
« marche de l'idée moderne. Le génie du gouverne-
« ment et le génie de la victoire l'ont couronnée;

« un pape lui a donné la consécration souveraine de
« la religion.

« Où est l'élément social qui ne soit l'obligé de
« l'Empire?

« Vienne la démocratie réclamer ses gages ! Le
» suffrage universel, sans limite, est la boussole des
« Napoléon. Le bien-être du plus grand nombre
« est leur premier souci. Pour trancher le problème
« de la vie à bon marché, l'Empire inaugura la
« liberté des coalitions; pour affranchir l'ouvrier, il
« a proclamé le libre-échange; il a jeté sur la sur-
« face du pays un réseau superbe de chemins de
« fer, dont le va-et-vient perpétuel ouvre une
« source inépuisable de richesse, depuis le centre
« jusqu'aux plus lointaines extrémités du pays. Ce
« que la multitude a gagné par le travail et l'épar-
« gne sous Napoléon III, quelle statistique le dira?

« Parle-t-on d'ordre public et d'autorité? Quel
« est le régime où le pouvoir, du sommet à la base,
« se fit sentir avec plus d'énergie? Le plus petit
« garde champêtre, comme le premier ministre
« n'étaient-ils pas, chacun dans sa sphère, des
« maîtres obéis? Quels souverains ont promulgué
« plus de décrets plus autoritaires et plus respectés?

« Le vrai dominateur du XIXe siècle, c'est l'Em-
« pire :

« Code civil ;

« Administration civile ;

« Université ;

« Concordat.

« Ces quatre empreintes de la serre de l'aigle
« se montrent à la fois sur toutes les républiques,
« toutes les royautés, toutes les constitutions
« innommées de notre âge. Il n'est pas une qui ose
« répudier ces legs de l'Empire, pas une qui puisse
« mettre autre chose à la place. Si bien ils traduisent
« l'alliance d'un pouvoir fort avec l'esprit démocra-
« tique, et le respect dû aux croyances religieuses
« avec la société civile sécularisée. »

Tel est, monsieur, votre langage.

Vous le voyez, voulant combattre votre thèse, je
ne cherche pas à l'affaiblir. Au risque d'en forcer
l'accent, je lui donne loyalement toute sa valeur.

Je le fais, d'ailleurs, sans inquiétude pour ma
cause. La réflexion suffit pour montrer :

1° Que ce pouvoir si fort, dont l'énergie vous
séduit, n'est que le mirage de l'autorité vraie.
Son principe n'est pas un principe. Il ne va pas à la
source des choses. Puis la force dans le pouvoir ne
suffit pas à constituer l'ordre. Si elle n'est pas au
service de la justice, elle se nomme tyrannie ;

2° Que cette monarchie n'a point la vertu monarchique. République, avec un front de dictateur, on
trouve en elle l'instabilité comme la contradiction

15

républicaine. L'autorité y vient d'en bas et non d'en haut. Elle n'a pas surtout, elle ne peut avoir le sceau suprême de la monarchie : *l'hérédité ;*

3° Que la religion n'est pas, pour la véritable tradition impériale, une souveraine respectée, mais un instrument de règne au profit du pouvoir civil : c'est-à-dire le renversement de l'ordre éternel.

Pour conclure, si vous le voulez bien, monsieur, sans amertume et sans colère, aux seules clartés du patriotisme et de la foi, nous suivrons, dans l'histoire, le sillon qu'a tracé dans les destinées françaises la race des Napoléon. Nous fixerons les yeux sur son terme final. Le passé de l'Empire jugera son avenir.

I

La force du pouvoir, monsieur, n'est qu'une face de l'ordre. Quand elle s'exagère, elle dévie, et le mot de césarisme qu'appelle si vite le nom de César, ne fut jamais un des mots heureux de la langue humaine.

Cela se comprend. Le mot comme la chose viennent d'une chose pire : le Paganisme. *César imperator*. Voilà des termes d'origine et presque d'essence païennes. Pour entrer dans l'ordre chrétien, il faut absolument qu'ils soient pénétrés, régénérés et transfigurés par la vertu du Christ.

Entre l'Empire et la République, chose étrange ! il y a toujours affinité.

Lorsque, naguère, le représentant de l'hérédité impériale — si la souveraineté plébiscitaire est compatible avec l'hérédité — lorsque le prince Jérôme Bonaparte, avec une franchise brutale, affirmait que la République et l'Empire avaient le même principe, et que le choix importait peu — la doctrine napoléonienne s'accommodant de l'une ou de l'autre, à volonté — nombre d'impérialistes s'indignaient et protestaient. Ne leur en déplaise, bien qu'ils soient l'élite du parti, ce sont eux qui se trompent, et c'est une grande vérité qu'exprime ce prince méconnu. Il a quelque droit, après tout, à connaître le sang qui coule dans les veines des Napoléon. Il a quelque peu médité sur la pensée de famille et l'essence du régime impérial. Mais voici, au moins, ce que tout le monde peut constater.

L'Empire, en France, fils de la République, l'Empire, s'identifie avec l'idée d'un sceptre de fer. Cela suppose une ère de désordre et de décadence où l'autorité morale est impuissante à gouverner le monde. On entrevoit comme une vague image de

multitude effervescente à dompter par la force, non
l'idéal d'un peuple raisonnable et libre.

Ne nous lassons pas de le redire, monsieur, la
force n'est pas le droit, si elle n'est pas aussi la justice. Quand, seule, elle commande, elle porte avec
elle un stigmate : l'âme du gouverné comme celle
du gouvernant en demeure flétrie. Dans le monde
antique, l'infidélité au vrai Dieu avait fait l'homme
esclave. Il était livré sans défense à l'absolutisme
du pouvoir civil, dont les empereurs étaient, qui
l'ignore, la suprême expression. Aussi, au Sénat de
Tibère, aux noces d'Adrien, le point de jonction de
la servilité césarienne à l'infamie païenne demeure
et demeurera toujours le dernier mot du scandale
social.

Sans doute, les peuples que l'eau baptismale a
touchés ne peuvent retomber si bas, tant qu'il leur
reste un vestige de foi. Loin de nous, des images
disparues à jamais de la scène du monde !

Mais, est-ce que les institutions impériales de
notre siècle et de notre patrie n'attestent pas quelque
mépris des droits de la conscience humaine ?

Et d'abord, n'est-elle pas un peu lourde, cette
machine administrative dont l'Empire est si fier ?
Elle est sortie, s'imaginent quelques-uns, du cerveau
de Napoléon, toute armée de ses mille ressorts.
Erreur ! elle n'est, à tout prendre, que le dernier

mot de la centralisation commencée depuis Louis XIV, perfectionnée par la Convention. Mais ce dernier mot, c'est Napoléon qui l'a dit. Dernier mot?... je me trompe; il n'est pas encore prononcé. Nul ne peut prophétiser si le siècle, grâce à cet instrument de pouvoir, se couchera sur la liberté ou sur la servitude.

J'accorde, en passant, si vous le voulez, que cette machine si savamment montée a été, plus d'une fois, un agent puissant d'ordre matériel. Cela est beaucoup, assurément. Dieu préserve une société moralement malade, comme la nôtre, de manquer de police trois mois! On serait en plein chaos de la bestialité. Oui! le jeu régulier des rouages administratifs a permis à la France de garder une paix intérieure relative, malgré les prodigieuses vicissitudes gouvernementales dont ses destinées ont été le jouet. Par elle, durant ce siècle, lorsqu'un pouvoir nouveau s'installe sur les bords de la Seine, avec la vitesse de l'éclair, de l'Hôtel-de-Ville de Paris à la mairie du plus petit village, le régime, inconnu la veille, s'inaugure sans secousse et sans bruit. C'est en son nom que se pratique, le jour même, tout exercice de pouvoir. Aucune résistance ne se montre. On parle d'un serment nouveau à prêter?... on le prête. De couleurs nouvelles sur le drapeau?... on les arbore. Quelques démissions courageuses; un plus grand nombre de révocations brutales; une curée de places plus ou moins ardente : voilà tout!

Ce n'est point là, monsieur, l'idéal d'une grande nation vivante et organisée, qui marche dans sa règle, dans sa foi et dans sa dignité. Le siècle qui parle tant d'indépendance, se fustige de ses propres mains. Avec tant de pouvoirs contraires, subis en si peu d'années, ce siècle ingouvernable est le plus gouverné qui fut jamais.

On se demande, parfois, non sans inquiétude, ce qui fût advenu dans les départements, si, en 1871, la commune avait vaincu dans l'armée française le pouvoir national. Ce régime aurait-il traversé la France comme les autres, sur le fil servile d'un vulgaire télégramme? Serait-il devenu, sur tous les points du territoire, la légalité maîtresse? Le drapeau rouge aurait-il ombragé nos édifices publics, comme un sanglant outrage à la Patrie? Les proconsuls de l'Hôtel-de-Ville de la capitale seraient-ils entrés en vainqueurs dans les préfectures désertées, sans qu'une ville se fût soulevée d'indignation?

Dieu seul le sait : ô Dieu de saint Louis qui armâtes jadis la foi de nos pères pour repousser Henri IV encore infidèle, et qui leur donnâtes une double victoire, épargnez à la France contemporaine la douleur d'une semblable expérience, et l'abjec-

tion pire d'y succomber en subissant le joug d'une
terreur nouvelle sans coup férir !

Il faut en convenir, monsieur ; quelques trou-
bles que le fonctionnement de cette merveilleuse
machine ait évités à la patrie française, une telle
facilité à la faire jouer en posant la main sur le
ressort central constitue, pour les libertés, pour
l'honneur et pour la vie d'un peuple un immense
péril.

Lorsque ce mécanisme gouvernemental s'unit,
d'une part au principe de l'Etat omnipotent, de
l'autre à toutes les inventions modernes qui sup-
priment le temps, l'espace, et, pour ainsi dire,
la résistance des milieux ; lorsqu'à ces rapides
facilités de pénétration au cœur des multitudes,
sous l'action soudaine d'un moteur de hasard, se
joignent par surcroît, l'amour passionné de la vie
commode et une stupide indifférence aux grandes
causes morales qui soulevaient jadis l'enthousiasme
des multitudes, quelle âme croyante et patriotique
ne serait épouvantée des surprises déshonorantes
qu'une machine, ainsi montée, réserve à l'avenir !

N'est-ce pas son poids écrasant et insensible à la
fois, comme l'air qu'on respire, n'est-ce point l'habi-
tude de se ployer sous lui qui fait l'audace et le
succès des insurrections !

N'est-ce point ce terrible engrenage où s'engagent,

presqu'à leur insu, toutes les forces d'un pays et qui les paralyse en quelques heures, n'est-ce point lui qui nous fait perdre, par degrés, le sens de la légitimité des pouvoirs pour ne laisser, à sa place, percevoir que leur force et leur fatalité?

N'est-ce pas lui qui permet à une horde d'insurgés de briser, en un jour de folie, le cours glorieux des traditions françaises pour ouvrir la porte à un interminable défilé d'aventures et de hasards ?

N'est-ce pas lui qui semble même, dans les communes demeurées chrétiennes, acclimater tout doucement les laïcisations votées par le pouvoir vainqueur ?

N'est-ce point lui qui semble frapper de léthargie mortelle la conscience autrefois si délicate et si vive de la fille aînée de l'Eglise?

Toutefois, monsieur, là n'est point le suprême danger. Instrument de domination matérielle, en soi ce mécanisme centralisateur n'est point la tyrannie morale et ne va pas jusqu'à viser les âmes.

Il est une autre création de l'Empire, césarisme pur, qui, appliquée telle qu'elle est sortie du cerveau du grand empereur, constituerait l'asservissement moral le plus dur dont l'ère chrétienne ait été le témoin.

Vous le devinez, je parle de l'Université. Connais-sez-vous son acte de naissance?

Art. 1er. — *L'enseignement public, dans tout l'empire, est confié à l'Université.*

Art. 2. — *Aucune école, aucun établissement quelconque d'instruction ne peut être fondé hors de l'Université impériale, et sans l'autorisation de son chef.*

Art. 60. — *L'Université impériale sera régie et gouvernée par le grand-maître, qui sera nommé et révocable par Nous.*

Si ce n'est point le code de communisme intellectuel et de l'Etat mouleur des âmes, où sera-t-il ? C'est, en tout cas, la mainmise sur la pensée, c'est l'étouffement de la conscience humaine.

Heureusement, il est chez les nations chrétiennes un fonds indestructible de résistance aux excès du pouvoir dont les attentats les plus odieux ne peuvent avoir raison? Voilà pourquoi les principes impériaux ont été contraints de reculer devant les revendications unies du droit des familles, de l'esprit de foi, du sens de la liberté.

Qu'importe, le coup était porté.

Celui qui rendit le sanctuaire à l'Eglise, ne lui rendit pas l'école. C'est à la révolution qu'il la livra.

Vrai sacerdoce de l'idée moderne séparée de

l'Eglise, chargée par l'Etat laïcisé de préparer à la société nouvelle les jeunes hommes qui la continueront, l'Université, par ses savants rouages et l'ascendant du pouvoir avec qui elle s'identifie, exerce, sur toute la surface comme dans l'épaisseur de la pyramide sociale, une incalculable pression.

Au bas de la pyramide, quarante mille instituteurs dressent leur chaire en face de la chaire chrétienne. L'Etat, par degrés, grandit leur puissance, et la Révolution l'élève au-dessus de celle du prêtre. Tel l'enseignement primaire gouverne de vive force, pour ainsi dire, la pensée naissante.

27 Académies, un personnel de choix imbu de l'esprit de corps, un immense matériel sans cesse progressif, de traitement, de subventions, d'édifices publics : telle est la sphère de l'action perpétuelle par laquelle l'Université dirige les classes, s'arrêtant au niveau moyen de l'instruction.

Mais c'est surtout au sommet de la pyramide qu'elle règne. Que peuvent contre elle quelques instituts libres, sans bourses à donner, sans grades à conférer, sans carrières à ouvrir? Philosophie, droit, médecine, histoire, matémathiques, sciences physiques, sciences morales, langues, beaux-arts, du haut des chaires officielles, par la voie des programmes et sous toutes les formes, l'Université ne faisant qu'un avec l'Etat, par sa fondation même,

pétrit et distribue le pain de la pensée publique ;
et l'Etat, par son ministre qui en est le grand-
maître se trouve, en même temps que le suprême
inspecteur de l'Université, le dispensateur des
diplômes qui ouvrent les carrières, des fonctions
qui les parcourent, des dignités qui les couronnent.

Si l'université garde ou perd la moralité de ses
collèges, si la doctrine de ses chaires est catholique ou athée, si, dans l'anarchie contemporaine
des intelligences, tant de fois signalée, sa part responsable est plus ou moins lourde, ne le demandons
pas. Selon les heures et les latitudes, ces choses-là
varient. Mais à coup sûr, monsieur, un ressort aussi
puissant pour entraîner les esprits dans un orbite
étroit, est le contraire de la liberté.

Ravir, sous prétexte d'affranchissement, à l'Eglise
de Jésus-Christ, pouvoir spirituel, l'éducation du
monde pour la livrer à une autre église sous la
main du pouvoir temporel, sera toujours une des
plus grandes mystifications dont l'esprit du mal ait
fait dupe l'esprit humain, et, sans vouloir faire
peser toute entière la responsabilité de ce mensonge
révolutionnaire sur la mémoire du fondateur de
l'Université, il est de toute évidence que cet instrument merveilleux où se complait l'omnipotence de
l'Etat laïque est de création et de pure tradition
impériale. Il est certain aussi que la tradition

impériale, qu'on la prenne dans l'administration ou
dans l'enseignement, peut bien s'appeler LA FORCE
DU POUVOIR, car partout, en elle, on trouve la préoc-
cupation de sa force, mais qu'elle ne peut s'appeler
NI LE DROIT, NI LA JUSTICE, NI LA LIBERTÉ, car nulle
part on n'y trouve le sceau inviolable de ces grandes
choses.

Cette tradition peut prolonger quelques jours
la vie des peuples en dissolution, elle ne reportera
jamais la France dans les hautes sphères morales
où plana si longtemps son génie éclairé par sa foi.

II

Et puis, monsieur, permettez-moi de vous le
dire, l'Empire n'a point la vertu monarchique, car
il n'a aucune des forces morales de la monarchie.
Loin de là ! il les sape toutes par leurs bases.

Je n'en veux pour preuve que le Code civil, par
lequel vous commenciez l'énumération de ses titres,
et le suffrage universel, égalitaire, direct, plébiscitaire, dont vous ne parliez pas, mais qui est bien
aussi de pure tradition impériale.

Les deux fondus ensemble battent en brèche :

L'hérédité royale par l'investiture plébiscitaire ;

L'essence divine de l'autorité, en la fondant sur le sable de l'opinion humaine ;

Le prestige de la couronne domestique, en déniant au père le droit de libre testament et donnant au jeune émancipé de 21 ans un droit égal dans les destinées du pays à celui du chef de famille ;

L'honneur et la paix de la famille, par l'institution du divorce, que rétablit la république, mais qui, avant elle, était écrite dans le Code napoléon ;

Le principe même de l'organisme social en violant le droit naturel qu'a l'homme de s'associer, et brisant toute corporation morale, pour n'ouvrir la porte qu'aux sociétés dont le lucre est l'objet.

Avec l'Université, l'administration, et le Concordat, dont nous parlerons tout à l'heure, tel est le résumé des conceptions impériales, qu'elles se traduisent par les faits ou par les lois ;

C'est la Révolution canalisée, soit ! mais canal, fleuve ou torrent, c'est à l'abîme que la Révolution conduit.

Dans cet aperçu rapide qui éclaire le sommet des principes, sans effleurer même les questions de personnes, nul sentiment de rancune ou de mépris pour les choses tombées n'apparaîtra. Tombées? d'ailleurs. Non ! elles règnent et gouvernent toujours.

Je vois et je montre la vérité, froide, sereine et nue.

Les hommes peuvent avoir eu pour mobile, je l'accorde, le bien de leur pays ! cela va de soi ; d'ailleurs, quand on conduit un navire, on n'a pas l'intention de le faire sombrer. Mais en dépit de toutes les bonnes volontés possibles, les vices du système ont infusé, au pays, le mal républicain. Il suffit de les toucher du doigt l'un après l'autre, pour comprendre que l'Empire n'est que le fantôme de la Monarchie.

— Le Plébiscite pour base !

Quoi donc ! bâtir, sur un fonds aussi mouvant que le caprice de la multitude, l'institution fonda-mentale qui doit garder la vie et l'immortalité des nations contre toute vicissitude du dedans et tout choc du dehors ! L'hérédité ferme et le plébiscite perpétuel, ces deux forces indépendantes et souve-raines accolées ensemble comme deux frères Siamois ! En vérité, si cette théorie ne s'était affirmée si souvent et si gravement, on ne pourrait croire qu'à un rêve d'idéologue, mais il faut bien la prendre au sérieux. Elle fut assez fatale à la France, pour ne point la reléguer dans le pays des rêves.

Vous me dites, monsieur :

Trois fois dans un siècle, la consultation du peuple Français par le plébiscite a fait à l'Empire une ovation. Savez-vous ce que cela prouve? ou bien que le plébiscite ne traduit pas la vraie pensée Française, ou que cette pensée est étrangement mobile? car le trône des Napoléon, trois fois élevé, a été trois fois renversé, trois fois acclamé, si vous le voulez, mais trois fois conspué.

Il ne l'a pas été, comme vos irréconciliables se plaisent à le dire, par les armes de l'étranger. Cela, d'ailleurs, serait déjà trop. Un pouvoir doit jeter assez de racines dans un peuple, et un pays comme la France doit être assez fier de lui-même pour s'affranchir du joug de l'étranger. La France a eu cette fierté, monsieur, et la flèche empoisonnée lancée contre les Bourbons est tout simplement une gratuite injure jetée contre la France. Non, mille fois non! pour l'honneur de notre passé, ce n'est point là de l'histoire française ; c'est du pamphlet, de la haine et de la calomnie.

Au début du siècle, deux fois, dans moins de deux années, ce fut sous le poids de ses propres folies et de la désaffection nationale, que l'Empire tomba. Cinquante ans plus tard, ce fut sous une émeute de quelques heures et de quelques hommes, trois mois après un plébiscite de majorité formidable en sa faveur ; — et quand trois mois de plus furent passés, ce fut une tempête de cris de déchéance et de malédiction ! Je l'ai vu, monsieur ; et permettez-moi de m'en honorer, monsieur; je me suis révolté contre cette revanche sans pitié comme sans honneur.

Mais le fait demeure dans son éloquence que rien ne détruira.

Si le plébiscite était sincère, où fut sa constance? S'il était sorti de la pression du pouvoir, que dire de sa valeur morale? dans les deux cas, où est son gage de sécurité? où est sa force ? où est sa gloire? où est sa vertu?

L'insurrection devant l'ennemi, je le sais, fut un crime. Ce ne sont pas les royalistes, vous le savez bien, qui l'ont commis. Si le dernier coup fut porté par là aux désastres de nos armées, aux humiliations et au démembrement de la patrie, accusez-en les républicains, si vous le voulez, et vous-même qui aviez fait un jour, d'un autre coup de force, un piédestal à l'Empire. Mais sachez comprendre les leçons du passé. Un régime impuissant à porter le poids d'une défaite, et qui est condamné à ne vivre que des faveurs perpétuellement fidèles de la fortune, est un régime condamné à mort, car où est la nation que la fortune n'est jamais trahie?

Est-ce que Louis XIV, après les journées d'Hochstett et de Ramillies, est-ce que Louis XV, après Rosbach, ont été emportés par une insurrection française ? est-ce que Jean Ier et François Ier, pour avoir vu tomber leur épée sur les champs de bataille, furent déchus du trône de France ?

Peut-on livrer les destinées françaises à un navire dont le gouvernail se brise à la première vague soulevée par les vents?

J'en appelle à votre bonne foi aussi bien qu'à votre patriotisme; n'est-il pas vrai que demander le titre de monarque au suffrage universel comme à sa source unique, c'est en faire un jouet de tous les caprices? Le flot populaire emporte ce qu'un flot a porté. Apothéose de la veille ! gémonies du lendemain ! voilà l'histoire. Assurément, c'est peut-être républicain, à coup sûr ce n'est pas monarchique. Car, c'est l'abdication consciente ou inconsciente de ce qu'il y a, dans la monarchie, de plus salutaire et de plus grand : la majesté de la durée.

Remarquez-le, monsieur. Le principe absolu du suffrage universel, égalitaire, direct et souverain, est si bien de tradition impériale que le plus long règne d'un Napoléon a été la consécration explicite et pleinement voulue de ce principe dans toute sa splendeur native, irréformée, irréformable.

Ce fut pour l'Empire le succès d'un jour. Car, l'enfant terrible, au début, ne connaissait pas sa force, et jusqu'au jour où il la sentit, il obéit à la main qui avait flatté ses premiers pas. L'Empire avait cru, à force de ruse, de flatteries démocratiques et de pression autoritaire enchaîner le suffrage universel à la fortune impériale. Ce ne fut qu'un rêve. Le jour de la révolte se leva. La multitude, émiettée et pulvérisée d'ailleurs, ne peut pas plus soutenir une monarchie que le sable une cathédrale. Il y faudrait comme ciment la soumission et la foi générale à un principe supérieur. Mais quand l'enfant gâté abdique l'autorité divine et croit à sa toute-puissance, il ne connaît de loi que son caprice. Or, cette loi du caprice des multitudes n'a qu'un vrai nom : la République.

Comment fermer les yeux à cette vérité ? Aucune monarchie ne peut vivre côte à côte avec la souveraineté du nombre. L'une tue l'autre nécessairement. La souveraineté du nombre est la négation directe et absolue de toute autre souveraineté. Nul ne peut servir deux maîtres, et regardez, monsieur ! à travers les bouleversements si fréquents du siècle, une seule fois a eu lieu la transmission héréditaire du pouvoir. Qui donc exerça cet acte de puissance morale ? Est-ce l'Empire ? Non ! C'est la royauté traditionnelle. Les funérailles de Louis XVIII et le sacre de Charles X se sont fondus, pour ainsi dire, en un seul acte pour proclamer hautement la vitalité du droit national et traditionnel.

L'Empire a été invinciblement inhabile à réaliser un acte paisible d'hérédité pure. Jamais il n'a pro-

clamé un empereur vivant aux Tuileries devant un
lit de mort impérial. C'est toujours à une aventure
qu'un prétendant à l'héritage des aigles a dû son
triomphe. On ne reconnaît pas, on ne pourra jamais
saluer dans ces faits de hasard heureux, le prestige
incommunicable de ce cri d'immortalité royale : le
Roi est mort ! vive le Roi !

III

Il est un autre legs napoléonien que je nommais
tout à l'heure, monsieur, et qui favorise encore la
désagrégation sociale : je veux parler du Code civil.

C'est une œuvre puissante et grande que le Code
napoléon. Ne fût-il rien de plus que l'unification
des lois françaises et la simplification de la justice
rendue, il faudrait encore y saluer le souffle du
génie. On y rencontre, d'ailleurs, çà et là, des restes
d'esprit chrétien que le dix-huitième siècle avec son
impiété dissolvante n'a pu détruire. Mais, sans parler
du divorce consacré par lui, qui a reculé trois quarts
de siècle devant les revendications de la conscience

française et revit aujourd'hui sous la République athée, cette œuvre de génie renferme, il faut en convenir, des principes funestes. Et ces principes, sous prétexte d'organiser la démocratie, mènent droit à la dissolution sociale.

Le Code napoléon nie et repousse, soit en le subordonnant à l'autorité civile, soit en reconnaissant uniquement les sociétés filles et mères de l'esprit de lucre, le droit naturel et sacré qu'a toute créature humaine de s'associer pour un but légitime.

Je vous dénonce là une monstruosité légale. Quoi ! trois hommes peuvent, sans obstacle, réunir leur fortune pour accroître leur patrimoine matériel, et ils ne peuvent unir leurs âmes et leurs vies pour accroître, en même temps que leur propre vertu, le patrimoine moral de l'humanité ! Il y a plus. Un homme poussé par une passion coupable peut, en toute liberté, vivre avec de folles créatures dans une honteuse parodie de foyer domestique et jeter le défi à la pudeur publique ; — et un homme vierge et libre ne pourra bâtir sa cellule près de la cellule d'autres hommes vierges et libres aussi, pour y fonder une de ces familles morales dont la génération spirituelle, plus féconde mille fois que celle de la chair et du sang, enfantera de siècle en siècle une immortelle légion de héros du travail et du sacrifice !

Pourquoi proclamer les droits de l'homme, si de la sorte on les foule aux pieds ?

Pourquoi diviniser la liberté, si l'on proscrit la plus noble de toutes, peut-être, celle de tra- vailler en commun à la régénération morale de la Patrie?

Et l'autorité paternelle, qu'en fait le Code civil?

Si étrange que cela paraisse, il faut bien le constater, monsieur. Le Code civil exagère l'autorité paternelle au sujet du droit le plus sacré du fils : celui de fonder un foyer nouveau, de choisir, entre toutes, la mère de ses enfants et la compagne de ses jours mortels. La loi civile française affranchit tardivement le cœur du jeune homme; la loi militaire aggrave encore cette servitude. Ceux que berce l'illusion de l'affranchissement de l'homme par sa rupture sociale avec la loi chrétienne, sont parfois stupéfaits d'entendre que l'Eglise, plus respectueuse de la liberté du cœur que le Droit moderne, confie, plutôt que lui, à la jeunesse, le gouvernement de sa destinée. Il est vrai, par contre, que le Droit moderne, à l'heure même où il refuse encore à l'homme le droit de choisir sa femme en pleine liberté, lui confère le droit d'élire le député de son département, et, par le plébiscite, celui de proclamer le chef suprême des destinées de la patrie. Que l'on concilie, au moins, avec le sens commun,

d'aussi absurdes contradictions, avant de tourner en
risée le règne de Dieu et de sa sainte Eglise !

Ce n'est pas tout. Le Code civil, après avoir grandi
outre mesure la puissance paternelle là où elle
aurait dû poser la limite, affecte de la restreindre
sur le point où son domaine devait s'étendre : la
propriété.

L'interdiction, presqu'absolue, du droit de tester
en enlevant au père la libre distribution des biens,
n'est pas autre chose, en principe, que l'usurpation
par l'Etat du droit naturel de propriété et d'hérédité.
En limitant son exercice de la sorte, il s'arroge le
droit lui-même. Il peut, en suivant cette voie, le
limiter davantage demain, ou le supprimer presque
tout à fait, en se faisant à lui-même la part du lion.
Qui ne reconnaît là l'école césarienne des légistes,
aspirant déjà, sous Louis XIV, à une sorte de stato-
lâtrie, arrachant, presque malgré lui, ce mot mena-
çant à un grand écrivain du grand siècle :

« En général, l'individu n'a aucun droit qui ne
« lui vienne de l'Etat. »

Socialisme, par une face, une doctrine semblable
devient, par l'autre, de l'individualisme. L'Etat,
pour mieux asseoir sa force, arrive à supprimer les
sociétés particulières, qui sont des êtres moraux,
vivants et résistants. Il diminue les droits de la seule
qu'il ne peut pas rayer d'un trait de plume — la

famille — il tend incessamment à dissoudre tout ce qui fait corps, et à ne plus souffrir que la molécule humaine. On a cru détruire l'ancien régime. Erreur ! on le continue. On en suit étroitement la trace sur un des points les plus engagés dans une voie mauvaise.

Les institutions napoléoniennes appliquent à outrance la maxime fameuse : *point d'Etat dans l'Etat*.

Quels sont les fruits de ces tendances despotiques ?

Si le partage égalitaire était le vrai moyen de réaliser pour tous les membres de la grande communauté le travail personnel, on pourrait y saluer une heureuse tentative de combinaison des deux lois organiques de la richesse sociale : travail, hérédité, avec le respect de l'une comme de l'autre. Mais, en fait, il n'en va pas ainsi.

Le principe de l'hérédité familiale est entamé par le morcellement forcé des héritages, et le droit est ravi aux familles de se perpétuer dans la plénitude du foyer paternel.

Le travail personnel n'est pas plus imposé à chacun des membres de la famille. La part plus grande pour l'individu émousse l'aiguillon de la nécessité. Mais plus grave est le résultat moral.

Diminution du respect filial et de la puissance paternelle ;

Recherche à outrance de la dot, cette plaie honteuse qui se nomme : mariage d'argent ;

Stérilité volontaire de l'union conjugale.

J'ai dit : *les mariages d'argent*. Si l'esprit de
famille s'en va, je vous dénonce un des grands coupables. La banalité ne diminue pas la tristesse de
cette sombre vérité.

Malheur à la famille, lorsque, pour la fonder et
bâtir sur elle tout l'édifice social, on ne cherche ni
la foi, ni la vertu, ni la beauté, ni l'amour, ni
même l'énergie physique d'une robuste race, mais
une tonne d'or !

Quoi ! cette union sublime de deux âmes qui
vont se fondre pour enfanter des âmes où elles
revivront ; cette fusion de deux sangs et de deux
vies mortelles, qui désormais formeront un seul
fleuve de vie et marqueront de leur empreinte,
jusqu'à l'extinction d'une race, toute créature qui
en naîtra, c'est en cherchant quelque chose qui
n'est ni le sang, ni l'âme, ni la vie ; c'est par le
contact glacé du métal qu'on croit les féconder. C'est
ainsi que l'on s'imagine glorifier le cœur humain !
On descend vite, monsieur, lorsqu'on quitte la
hauteur des institutions divines.

Quand notre premier père, à l'aurore des jours,
reçut des mains créatrices l'être nouveau, où elles
avaient versé une grâce de plus, il reconnut sa com-

pagne, et son noble ministre pour la propagation des images de Dieu. Dans un hymne que l'Esprit saint à daigné recueillir, il célébra la chair de sa chair, et il l'aima. Il l'aima d'un amour aussi profond que le cœur de l'homme, aussi durable que la vie même de l'humanité.

Certes, aujourd'hui, nous sommes tombés de ces hauteurs. Aucun de nous, d'ailleurs, n'est la souche vitale, et notre étroite postérité n'est qu'une feuille de l'arbre humain. Mais, si amoindri que soit notre cercle de rayonnement, si pâle que naisse le soleil de nos courtes années, un jour se lève dans le printemps de la vie, où notre cœur se sent capable de se donner tout entier dans une large effusion de sacrifices et de dévouement. Une heure sonne, où deux cœurs se rencontrant dans ce plein de leur sève, se renvoient l'un à l'autre, par un regard sans ombre, le mirage d'un immortel amour.

Eh bien! cette heure unique dans sa fécondité morale, où la nature concentre toutes les énergies de nos tendresses, comme une force en réserve pour les longues immolations de l'avenir, qu'en faites-vous, souvent, jeunes hommes qui serez époux, pères et ancêtres un jour. Vous en stérilisez l'ivresse sur le sable d'un rêve qu'engloutit le temps. L'amour est divinisé. L'on n'oublie qu'une chose, c'est d'en placer le Dieu dans le sanctuaire de la famille. Quand

ce culte du premier amour manque à l'autel nuptial,
quand le calcul préside au choix de l'épouse, il préside aussi au nombre des berceaux futurs, il tue
l'esprit de sacrifice, il arrête l'essor de la vie.

Mais que fait l'Empire en cette affaire, direz-
vous?

Ce qu'il a fait? Je vous l'ai dit : le Code civil.

Il serait profondément injuste, je le sais, d'accuser
le Code civil d'être le seul coupable des stérilités de
la famille française contemporaine. L'absence de foi,
la fièvre de plaisir sans peine, y ont la principale
part. Mais qui pourra le nier de bonne foi? le partage égalitaire de la loi moderne en est le complice.
Dans les campagnes comme dans les villes, il suffit
de voir et de regarder autour de soi, d'écouter et
d'entendre.

La logique est brutale, sans cœur, sans foi, sans
conscience. Mais c'est la logique. On ne peut pas
faire d'héritier avec quatre enfants. L'enfant unique
sera le recours. Regardez au delà des frontières.
Le fléau malthusien sévit surtout là où règnent les
principes modernes. Les races germaniques et anglo-
saxonnes, plus à l'abri de leur atteinte, remplissent
dans le nouveau monde, comme dans la vieille
Europe, les peuples imbus de leur esprit.

J'ai laissé à l'écart, monsieur, bien des points
défectueux de cette même œuvre législative, ne

serait-ce que la règle aussi dure pour la femme que
complaisante pour l'homme : la recherche de la
paternité interdite. Mais ce que j'ai dit suffit à
ma thèse.

Non! mille fois non! le fameux Code napoléon
n'est pas la reconstitution sociale, bien loin de là.
Si c'est là que vous puisez le titre de la dynastie
napoléonienne, elle n'a point de titre à la reconnaissance de la patrie.

IV

Je vous entends, monsieur.

« L'Empire, dites-vous, fut en France le grand
« restaurateur de la religion. C'est lui seul qui fait
« vivre, durant notre ère tumultueuse, l'Eglise
« catholique en paix avec le droit moderne. Oubliez-
« vous le Concordat? Voilà un titre indéniable, dont
« la gloire chaque jour grandit. Trait d'union ins-
« piré entre la liberté religieuse et les droits de
« l'Etat, il faut bien que ce soit l'équilibre parfait,
« trouvé par une intuition du génie, puisqu'après

« quatre-vingts ans d'épreuve, non seulement il est
« debout, mais tous les partis qui se respectent
« eux-mêmes s'abritent sous son égide, et se targuent
« de le respecter. »

Soyez tranquille, monsieur. L'œuvre modeste
mais sincère que je tente, domine de bien haut tout
esprit de parti. Je ne veux rien soustraire du légitime
honneur qui revient sur ce point au premier consul.
Il a réconcilié solennellement, avec l'Eglise catholique sa mère, la nation infortunée qui, pendant dix
longues années, avait porté le poids d'une sacrilège
rupture. Un sens chrétien, qu'un historien trop
célèbre appelait un reste de superstition corse,
vivait encore au fond de cette prodigieuse intelligence. Le cri d'adoration qu'il poussa vers le Christ,
sur le soir de sa vie, du haut du roc de Sainte-
Hélène, en est la preuve irréfragable. Le premier
consul eut le mérite aussi de braver, à l'aurore de
son pouvoir, les insanités impies du dix-huitième
siècle mourant. Mais au-dessus de tout cela planait
l'orgueil du césar. Le rêve malsain d'une sorte de
pontificat laïque, puisé dans les vieux souvenirs de
Rome, encouragé par le papisme de l'orthodoxie
grecque, desséchait en lui le lait catholique dont sa
première enfance avait été nourrie. Quelqu'ait pu
être, au lit de mort du premier comme du dernier
empereur, le vis-à-vis solennel de Dieu et de leur

âme, nul ne peut dire et croire que la tradition sincèrement chrétienne de saint Louis et de Charlemagne soit la politique des Napoléon.

Trop de preuves repoussent cette théorie, trop
de faits témoignent que la Religion fut dans l'esprit
de l'Empire l'instrument plutôt que l'âme du règne.

Au début, voici les articles organiques contre
lesquels proteste en vain la Cour Romaine, retirant
d'une main ce que de l'autre le Concordat donnait,
et transforment un traité solennel entre les deux
grandes puissances de ce monde en éternelle équivoque. Le vieux Gallicanisme, disputant à l'Eglise
ses droits les plus légitimes, demeure en embus-
cade au bout de chaque ligne. Tel est le vrai secret
de la tendresse des pouvoirs civils pour ces articles
perfides que l'on appelle encore, par une équivoque
de plus, de ce grand nom de Concordat. Chacun y
donne à volonté le sens qui lui convient.

Et puis, monsieur, lorsque l'Etat napoléonien,
s'appuyant d'une main sur la police des cultes, de
l'autre sur le monopole de l'enseignement, sa création de choix, règle à son gré les manifestations
extérieures de la conscience, et, autant qu'il le peut,
les mouvements de la pensée humaine ;

Lorsqu'il affecte de considérer les prélats et les
prêtres comme des gagés du trésor, fonctionnaires
du pouvoir civil ;

Lorsque par la voix de Portalis, Napoléon Ier fait, dès le premier jour, à la présentation même du Concordat, retentir cette parole, suprême expression d'autocratisme Césarien :

« *La puissance publique n'est rien, si elle n'est tout.* »

Quand, sous peine de bannissement, il interdit aux évêques la correspondance religieuse avec le Souverain Pontife ;

Quand il entreprend contre la Papauté cette guerre violatrice de tous les droits de Dieu et de l'homme où le glorieux représentant de la conscience humaine, organe de la vérité divine, subit le choc de toutes les pressions de la puissance matérielle dirigée par toutes les ruses du génie ;

Est-ce là, je vous le demande, une politique chrétienne ?

Quand le second Empire, fidèle aux traditions du premier, dissout une admirable association catholique en même temps qu'il consacre officiellement l'existence de la Franc-maçonnerie, cette Eglise de l'anti-christianisme vivant ;

Quand il supprime une presse courageuse dont le crime est de défendre avec une constance inébranlable les droits de l'Eglise, et qu'il finit par livrer à l'Italie le patrimoine de saint Pierre, tracé par le glaive de la France chrétienne ;

Qui oserait dire que la religion soit la véritable inspiratrice de la seconde phase impériale?

Enfin, quand le prince Jérôme, représentant aujourd'hui de l'hérédité napoléonienne et se vantant hautement d'en continuer les plus vraies traditions, arbore plus hautement encore le drapeau de l'impiété et de la Révolution; qui donc pourrait chercher sous de pareils auspices la conservation sociale, le relèvement moral de la Patrie, le respect des croyances, le sens de la vraie liberté?

Vous qui aimez ces grandes choses, monsieur, ce n'est point là que peut être votre espérance. La France n'est pas descendue à tel degré de misère, que le héros des banquets sacrilèges soit acclamé comme un libérateur. Si l'on peut dire, un jour, « *l'Empire est fait,* » le Jérômisme arrache le mot : l'Empire est mort.

Permettez-moi, monsieur, pour confirmer cette pensée sur la fin de l'ère des Bonaparte, d'esquisser, à traits rapides, tels que l'histoire nous les montre, le lever, le zénith, le déclin de l'astre impérial.

Si, comme les institutions, on mesure les races aux services rendus aux peuples, quelle sera, sur celle qui est le sujet de cette lettre, l'arrêt final de la destinée?

Constatons d'abord que l'éclat de la gloire mili-

taire, s'il n'est qu'un météore fugitif et ne laisse
après lui aucun agrandissement durable, est une
admirable auréole, dont le souvenir demeure à
jamais, mais qu'elle ne peut remplacer, dans son
éclair d'un jour, les bienfaits séculaires de l'institution nationale qui a fait la France.

Un jour, un grand poète s'écriait :

Ah ! si rendant le sceptre à ses mains légitimes ! ...

Je ne veux point vous redire cette strophe reten-
tissante, bien qu'on pût y trouver, en pressant la
pensée, quelque chose de plus que de l'harmonie :
un hommage rendu par la poésie de l'histoire au
principe de l'hérédité royale.

J'aime mieux supposer *un instant,* avec vous, que
les races, dans l'ordre providentiel, sont faites pour
succéder aux races ; que trois règnes ininterrompus
et des bienfaits s'ajoutant aux bienfaits eussent
pleinement consacré la légitimité de la nouvelle
dynastie.

Eh ! bien, monsieur ! dans cette supposition
même, votre fidélité à cette race demeurera vaincue.
Aucune, peut-être, n'exerça jamais sur une patrie
une autorité si puissante, et ne reçut d'en haut
mission plus belle. Car l'autorité ne descend jamais
sur une tête humaine sans mandat responsable de

la Providence. Qu'en a-t-elle fait pour l'ordre chrétien, cette famille appelée à coopérer à l'œuvre
divine ?

Reportons-nous à quatre-vingts ans en arrière.
Nous sommes aux confins de deux siècles, un peuple
de trente millions d'hommes a été remué de fond
en comble par la fermentation d'une société qui se
décompose et se reforme. Il passe d'un régime
aristocratique à un régime absolument nouveau,
sans chef et sans boussole. Il a noyé dans le sang
un trône de dix siècles, usé en dix ans dix constitutions et cent tribuns, dictateurs de hasard. La scène
politique n'est plus qu'un cyclone dévastateur. Tout
à coup, un général de trente ans, resplendissant du
génie des armes, apparaît debout sur un pavois de
vingt victoires qui va des Alpes jusqu'aux Pyramides.
Héritage des rois de France, butins de la jeune
République, conquêtes de sa propre épée, tout ne
fait qu'un sous son sceptre prédestiné. Il commande
au présent et semble commander l'avenir. Sur un
mouvement de son front, le peuple s'incline plus
profondément qu'il n'obéissait jadis au grand Roi.
Ce héros de la guerre a fait taire les discordes civiles,
et pour prix de la paix conclue avec l'Eglise, un
pape vient le sacrer, dans des circonstances telles
que, depuis Charlemagne, la terre française n'avait
vu telle solennité.

17

Que ne peut-il pour la nation dans l'ordre intérieur, celui qui a osé écrire la ligne étonnante que
je citais tout à l'heure : « Aucun établissement
quelconque d'instruction ne peut être fondé hors de
l'Université impériale et sans l'autorisation de son
chef ? »

Que ne peut-il pour la puissance nationale au
dehors, le signataire du traité de Tilsitt ?

Que ne peut-il pour la liberté de l'Eglise et l'expansion de la foi, celui qui a dicté le Concordat,
pour ainsi dire, à Rome et à la France ?

Que ne peut-il pour l'organisation nouvelle de la
France, le législateur tout-puissant du Consulat et
de 1808 ?

Pas une force ne lui manque.

La nation a soif de paix, de pouvoir et d'ordre.
Ce n'est pas elle qui lui fera défaut, ni la Providence
qui se plaît à l'entourer longtemps d'une atmosphère
éblouissante de prospérités.

Trente ans d'Empire paisible et juste, trente ans
de libertés publiques réglées et fécondées par la
pensée chrétienne, trente ans de simple équité vis-à-
vis des peuples et des rois, et de respect pour la
tiare ; — un berceau impérial qui, sans affronter les
flots peu sûrs du Tibre et usurper le nom divin de
Rome, eût flotté au faîte de la puissance humaine...
qui peut dire, au bout du siècle, ce que l'Empire

eût été dans les destinées françaises? Qui peut
dire si votre rêve de quatrième dynastie ne fût pas
devenu une réalité?

Au lieu de ce tableau imaginaire, qu'ont vu les
yeux de nos pères? et nous-mêmes qu'avons-nous vu?

L'Eglise et le Pape captifs;

Captive aussi la pensée française sous une main
de fer;

L'affolement de la guerre et de la conquête;

Une génération entière moissonnée dans sa fleur;

Nos soldats, dans leur marche triomphale à travers les capitales de l'Europe, laissant à chaque pas
de leur sillon de gloire, une traînée de haine et de
vengeances implacables;

Puis, pour dernier fruit de ces trophées chargés
d'ivresse décevante, la capitale française, inviolée
depuis cinq siècles, foulée, après la France entière,
par quatre cent mille étrangers ivres à leur tour de
colères inassouvies;

La France abandonnant ses frontières natives,
cruellement démembrée, sauvée d'un démembrement plus cruel encore par l'ascendant moral de
l'antique royauté, sans armes, et revivant, pour le
salut de notre bien-aimée patrie, dans l'auréole de
toutes ses gloires de quatorze siècles.

Est-ce là un rêve? monsieur. C'est l'histoire.

Ce n'est pas tout. C'est seulement le premier acte du drame napoléonien.

A peine la nation épuisée respirait-elle sous un règne réparateur. L'aigle s'abat de nouveau sur la terre de France, hélas! pour en faire une proie nouvelle aux convoitises de l'ennemi qui la guette. Une blessure nouvelle à la patrie française, dont le nom sinistre de Waterloo demeure la cicatrice immortelle, une seconde invasion plus redoutable que la première, une mutilation dont la responsabilité, en dépit de tous les mensonges accumulés, pèse à jamais sur le fatal retour de l'ile d'Elbe.

Trente-trois ans se déroulent.

La monarchie, même brisée en deux par une révolte coupable, a pansé quelques-unes des plaies nationales.

Un magnifique essor d'éloquence, de poésie, d'art et de liberté, accompagne la restauration royale. Elle ne fait pas de phrases, mais elle ne perd pas un pouce de territoire, et une France nouvelle en face du tombeau de saint Louis est le dernier legs de la royauté légitime parlant à l'Angleterre avec une fierté digne des plus grands jours.

Vers le milieu du siècle, une seconde fois, des entrailles de la République, fruit précoce et inévitable de l'anarchie républicaine, sous la forme d'un coup d'Etat, comme toujours, l'Empire surgit. Cette fois l'escalade du trône fut moins glorieuse, et les Pyramides ne servirent pas d'escabeau.

La magie du nom militaire était encore toutefois si grande ; la France, menacée par les nouveaux barbares du socialisme, aspirait si ardemment à l'autorité, que cette force, même acquise par de mauvais moyens, pouvait encore, si elle eût été fidèle à la mission primitive de la race, exercer une action réparatrice. Comme Napoléon Ier, Napoléon III eut son heure de dictature souveraine.

Elle venait, cette seconde apparition de l'Empire, dans des conditions à souhait pour inaugurer les grandeurs et les prospérités de la paix. Cela fut senti, et cela fut dit. C'est l'heure où semblaient se donner rendez-vous, par une singulière coïncidence, tous les progrès de la science moderne dans leur plein épanouissement. Le maître en profita. Le pays aussi. Mais ce n'était là, monsieur, que la plus faible part de la mission de l'autorité dans ce siècle, où la Révolution est là, toujours debout, comme la grande ennemie de la France et de la civilisation chrétienne. Qu'a fait l'héritier de Napoléon pour la combattre et pour la vaincre ? Qu'a-t-elle fait pour les libertés de l'Eglise, les libertés de la France et le baptême catholique de la démocratie ? Après quelques hésitations, la tradition césarienne l'emporta.

Un pouvoir ferme, si vous le voulez, mais dur,

élevé sur les ruines de la représentation nationale violée ;

L'Eglise flattée par des concessions d'ordre matériel, des créations de succursales, une large expansion des communautés religieuses, mais serrée de près au nom des servitudes gallicanes, jamais franchement servie, ni à Rome ni à Paris ;

Les passions populaires, tantôt caressées par la licence des plaisirs comme par l'appât du nivellement social, tenues comme en laisse par le pouvoir, jamais dominées de la hauteur d'une politique vraiment nationale et chrétienne ;

Le suffrage universel exploité comme on exploite une force inintelligente, gagné par la ruse ou dompté par la main des gouvernants, mais toujours encensé comme une idole dont on a peur ; saluts courtois, en apparence, aux grandeurs du passé monarchique, pour attirer à soi les serviteurs fatigués d'attendre, mais guerre implacable à la monarchie traditionnelle ;

Les ruines morales s'accumulant dans les caractères et dans les cœurs, en même temps que s'élevaient les pierres de nos cités ; de telle sorte qu'au bout de ces dix-huit ans d'ordre public, la Commune se trouve, non seulement possible, mais populaire à Paris, et qu'il faut des mois de siège pour le rendre à la France.

Les consciences catholiques profondément troublées, et le Saint-Siège livré.

Le trône lui-même, chancelant déjà sous le poids de son origine, mal raffermi par un plébiscite trompeur, n'ayant plus pour ressource que de chercher son rajeunissement dans la faveur des armes :

> L'esprit de vertige et d'erreur,
> De la chute des rois funeste avant-coureur,

envahissant le maître et les courtisans, s'unissant au souffle révolutionnaire de la foule pour déchaîner sur le pays la troisième invasion de l'étranger.

Cette invasion, la plus douloureuse de toutes, infligeant au drapeau français des douleurs inconnues, et réduisant la frontière à des limites que la royauté de 1815 n'aurait pas souffertes.

Une déchéance aussi profonde par elle-même, encore aggravée par les progrès sans relâche des nations voisines, de telle sorte, monsieur, que si l'on compare les statistiques et les mappemondes du jour à celles de l'époque regardée comme notre extrémité d'infortune, on voit l'Angleterre compter en Europe le double d'habitants, et dans les Indes un empire double. L'Allemagne, vassale de Berlin, passer de dix à quarante millions; l'Italie unifiée, aspirant encore à s'agrandir; la Russie comman-

dant à cent millions d'hommes, percer l'Asie de part
en part; — et la France tomber, par les soubresauts
politiques dont elle est le jouet, du premier rang de
la puissance au troisième, au quatrième peut-être,
pendant que toutes les autres ont grandi par la
fidélité à leurs traditions.

Voilà, monsieur, le bilan final des deux empires.
Tel est le terme du sillon qu'a tracé dans l'histoire
française le règne des Napoléon.

Depuis le jour où ce règne a fini, le souverain
qui avait tenu les rênes du second Empire est mort
dans l'exil sans faire entendre une parole de reven-
dication. Peut-être au fond du cœur son patriotisme,
éclairé par les clartés suprêmes de l'infortune et de
la mort, a-t-il salué l'aurore de la Royauté libératrice. Son fils, prince chevaleresque, est mort pré-
maturément dans sa fleur stérile, comme le fils du
fondateur de sa race, comme les fils des races qui
s'en vont; il est mort en héros, comme si Dieu, en
condamnant la race, avait voulu imprimer sur elle
un dernier cachet de miséricorde et d'honneur, en
mémoire du jour où il l'avait sacrée par la main du
Vicaire du Christ.

Aujourd'hui, sur la tombe glorieuse du Prince
impérial, tout doit être fini. Le laurier qui sort de
cette cendre ne peut se poser sur la tête de Jérôme

Napoléon, couverte du bonnet rouge de la Révolution.

Et maintenant, monsieur, entre l'Empire et la Royauté, choisissez.

Où est l'honneur, la force, l'avenir, la vitalité de la France ?

Ah ! je le sais bien !

L'on entend encore des voix incorrigibles dans la haine ou indomptables dans leur fidélité, s'obstiner encore à plaider la cause impériale, mais d'un accent bien différent. « L'Empire, c'est la révolution, dit l'une. Le prince Jérôme en est le véritable chef. A lui l'héritage de la République ! » — « L'Empire, dit l'autre, c'est l'ordre dans le monde moderne. Sa mission demeure toute entière. Après le père indigne, avant lui, s'il le faut, le fils. A lui le sceptre libérateur ! »

Qu'est-ce à dire ?

Toujours le double visage et la double parole du génie de l'Empire :

Je suis l'Ordre : Je suis la Révolution.

Seulement, jadis, c'était le même homme qui les portait. Aujourd'hui, les deux visages sont le père et le fils. Est-ce une richesse, est-ce une misère de plus? que vaut ce dualisme dans la famille? Je n'ai point à le dire ; mais il est deux choses certaines, qui se voient au grand jour.

La première, c'est que les amis les plus fidèles du prince Victor, repoussant le père pour indignité, ont perdu tout droit de repousser le Comte de Paris, sous prétexte d'indignité de son aïeul, et que royauté pour royauté, ils doivent aller à celle des siècles. Elle a fait ses preuves.

La seconde, c'est que, en face du foyer troublé et brisé des Napoléon, d'autre part se présente à la France, écœurée d'une république, où selon les républicains eux-mêmes « la honte coule à flots, une noble race profondément unie, se déployant au large en magnifiques rejetons. Là se trouve, avec le sang de Philippe-Auguste, de saint Louis et d'Henri IV, un sang jeune débordant de sève, de patriotisme, et n'aspirant qu'à se prodiguer pour restituer à la France la grandeur morale, la prospérité, l'expansion de sa foi chrétienne, et l'essor de ses vraies libertés.

Il serait bien aveugle, celui qui ne verrait pas étinceler en traits de flamme dans l'histoire, dans la raison, dans le cœur même de la patrie croyante, ces fortes vérités pour lesquelles ma plume, si faible qu'elle se sente, a tenu à honneur de porter témoignage ; il n'y a qu'une monarchie : celle qui a fait la France, avec l'aide de Dieu. Elle n'a qu'un nom : **la Monarchie chrétienne.**

CONCLUSION

A Monsieur le Comte de Paris

Monseigneur,

Celui qui s'adresse à vous aujourd'hui, ne vous demande point de passeport pour sa parole. Elle est ainsi plus libre et témoigne plus de respect pour la liberté royale.

Lui-même n'est l'organe d'aucun groupe : il parle comme un simple penseur, sous sa responsabilité de catholique et de Français.

Il exprime tout haut le fond de sa pensée au légitime et unique représentant de l'hérédité monarchique, qu'il respecte et salue, après la Providence, comme l'espoir de la patrie française.

Cette pensée vaut uniquement ce que, par elle-même, elle vaut. Aucune autorité au delà, mais deux passions l'animent : l'amour de la patrie, et l'ardent désir du règne de la vérité.

I

Donc, Monseigneur, par la puissance du droit monarchique, vous occupez le sommet d'une situation entre toutes abrupte et difficile, mais une des plus belles dont l'histoire offre le tableau.

Vous êtes l'héritier légitime d'une grande race souveraine, avec laquelle un grand peuple a vécu huit cents ans dans une intime et magnifique alliance : peuple chrétien avec des rois chrétiens.

Cette race, pour son malheur et pour le nôtre, fut divisée durant de trop longs jours : vous partagez, avec le cœur magnanime du dernier descendant français de Louis XIV, la gloire d'avoir mis fin à la rupture.

Votre retour au droit fut simple et complet dans sa loyauté. Il vous a donné un double prestige et une double fortune.

Comme une branche fraîchement née sous un vieux tronc, vous avez la sève jeune et vive. Comme les racines par lesquelles il plonge aux origines de la France, vous avez la force des siècles.

Les fautes des cadets de la race ne furent pas les vôtres ; ni vôtres davantage les illusions qui peut-être ont bercé les aînés.

Vous pouvez vous montrer populaire sans être un fils de la Révolution, et autoritaire sans être soupçonné de césarisme. Vous pouvez surtout être chrétien sans évoquer la vision de la théocratie. Chez vous, les vertus privées portent secours aux vertus publiques, et la majorité de ceux qui veulent sincèrement la grandeur du pays, confondant en un seul désir mille nuances d'opinion, est prête à reconnaître votre autorité.

Tout cela constitue votre force. Elle est sans rivale dans le camp monarchique. Mais il la faut toute pour accomplir l'œuvre de la régénération française.

J'oserai dire, Monseigneur, qu'il y faut quelque chose de plus ; et ce quelque chose ne vous manquera pas : la pleine intelligence de cette force même, unie à la claire vue des difficultés et de la grandeur de la mission. Il faut, par dessus tout, l'énergique résolution de la déployer sans réserve.

Ce n'est point pour laisser perdre une parcelle de cette force nécessaire, Monseigneur, que la Providence vous amène, ainsi préparé, sur la scène du monde, au bout d'un siècle de discordes civiles ; au plus fort du combat entre l'athéisme qui menace l'avenir de la France, et le catholicisme, son seul libérateur.

Une équivoque vaste et profonde obscurcit la politique française du dix-neuvième siècle. Cent fois déchirée par l'esprit de concorde et de patriotisme, cent fois la passion et l'esprit de parti en refont la trame à l'envi. Aujourd'hui encore trop d'honnêtes gens abusés d'une part, trop de mauvais vouloirs de l'autre, confondent la transformation sociale avec la Révolution, et les libertés légitimes avec le dogme faux d'un libéralisme condamné par l'Eglise.

Le passage de l'ancien régime — nouveauté lui-même à l'égard de la vieille royauté chrétienne — à la société actuelle fut encombré de ruines sans nombre et déshonoré par des crimes sanglants. Une infernale exploitation par le génie du mal de la cause démocratique au profit de la cause antichrétienne, un confus mélange de vérités et d'impiétés dans le symbole de 89, ont fait des formules sociales un vrai labyrinthe pour tous ceux qui ne cherchent pas dans l'Eglise le fil conducteur.

Malgré le dédain des sceptiques et l'insouci des ignorants, la question religieuse est la question vitale du siècle. Elle est le nœud de toutes les autres. Car la nouveauté suprême et subversive qui a surgi, depuis cent ans, dans les annales du monde, c'est la rupture de la société civile avec Dieu. Toutes les laïcisations successives dont à tort l'on s'étonne et dont à bon droit l'on s'indigne, ne sont que les applications lentes et sûres du principe posé. Si ce principe, tend à se répandre dans le monde entier, la France est le foyer le plus intense de l'athéisme social. Tel est le grand mal qui la travaille.

Ce mal, dans son fond, ne peut être guéri que par le retour *national* à la foi chrétienne.

Il ne peut être vaincu, dans sa forme, que par l'autorité à sa plus haute puissance : la monarchie.

La victoire n'est possible, en fait, que par le concours libre du pays.

Conséquence inéluctable pour tout esprit qui pense :

Le vrai salut, c'est la monarchie chrétienne acceptée par la France.

Eh bien ! Monseigneur, c'est le seul régime qui, dans le cours du siècle, n'ait pas été tenté.

L'Empire est tombé trois fois, ou pour mieux dire s'est tué trois fois par les revers inouïs qu'il attira

sur la France et par les complicités révolutionnaires
dont il s'est chargé.

La monarchie du libéralisme est tombée pour avoir
violé le principe héréditaire, méconnu les droits de
l'enseignement chrétien, et résisté à outrance au
développement pacifique de la démocratie.

La monarchie traditionnelle a succombé sous la
conspiration du libéralisme au dehors et du gallicanisme au dedans, faute d'un regard large et d'un
bras ferme.

La république a été rejetée honteusement, deux
fois, par le dégoût public.

Aucun de ces régimes n'a compris, dans toute leur
étendue, ni les besoins véritables de l'époque, ni
les droits de la vérité.

La France contemporaine n'a pas vu à l'œuvre la
monarchie chrétienne.

II

Ce qu'était et n'était pas la monarchie chrétienne,
j'ai essayé, Monseigneur, de le dire dans quelques
lettres à mes contemporains. Peut-être cet essai, si

imparfait qu'il soit, est-il tombé sous votre œil vigi-
lant, qui ne dédaigne aucun effort sincère du
patriotisme.

La monarchie chrétienne n'est pas, ne peut pas,
ne doit pas être le plus petit retour aux formes et à
l'esprit de l'ancien régime. La monarchie chrétienne,
comme le christianisme lui-même, se prête à toute
évolution sociale qui n'est point contraire à l'ordre
de la justice éternelle.

Elle n'est pas la dénonciation du pacte de tolérance
conclu avec les divers cultes qui, authentiquement,
se partagent les croyances françaises, et qui tous,
d'ailleurs, ont un fonds commun : la foi au même
livre révélateur.

Elle n'est pas la répudiation des libertés publiques
ou privées, le mépris par l'Etat des droits naturels
de l'individu, ni l'absorption d'aucune faiblesse
opprimée au profit de la force ; car le christianisme,
de toute évidence, a été l'affranchissement de toutes
les servitudes, et l'inaugurateur de la liberté des
âmes devant l'apothéose des Césars.

La monarchie chrétienne est, avant tout, la haute
reconnaissance de la souveraineté de Dieu sur les
sociétés humaines. — Elle affirme :

L'autorité venant de Dieu et soumise à Dieu ;

La liberté venant de Dieu et soumise dans son
exercice à la règle sociale divine ;

Le bien public, règle suprême des gouvernants comme des gouvernés ;

Le droit naturel des familles et des nations à intervenir, *selon la mesure conforme à la notion chrétienne de l'autorité*, dans la marche des destinées publiques, c'est-à-dire les vraies libertés ;

Le droit du plus grand nombre, *sous la même loi du même respect*, à la plus grande somme de bien possible, c'est-à-dire la vraie démocratie ;

Le droit divin et imprescriptible de l'Eglise catholique à la pleine indépendance de son culte, de sa parole, de son ministère, de son apostolat, de ses institutions.

De telles affirmations, à elles seules, auraient une puissante action sur le relèvement moral de la patrie.

Le jour où, avec le concours du pays, elles deviendraient, sous une forme ou sous une autre, les lois constitutives de la monarchie restaurée, la Révolution subirait une immense défaite et les destinées françaises reprendraient un magnifique essor.

Jusque-là, quels que puissent être les relèvements partiels, la France ira du côté de l'abîme : l'abîme des êtres intelligents et libres, le mal moral, dont la déchéance est l'inévitable châtiment.

Puisque le monde s'agite — et c'est son honneur immortel — plus encore pour les principes que pour les intérêts, mille fois rêveurs ceux qui espèrent le salut de la France des alarmes qu'inspire la gestion des finances républicaines, ou de l'appât des biens matériels que ferait naître une restauration monarchique ! Rêveurs, ceux qui croient la guérir de la fièvre révolutionnaire par la fièvre des plaisirs et la peur des secousses qui les interrompent ! Ni le plaisir, ni la peur ne relèvent les âmes, et ce sont les âmes qu'il faut guérir. Là est la source de la vie.

Aussi, lorsqu'on voit les hommes de parti exploiter le froissement des intérêts matériels comme le gros grief contre la république, outre que la passion pousse parfois à des excès de langage en dehors de la vérité, on se dit que c'est une grande misère de faire appel à ces sentiments inférieurs, et qu'il faudrait viser plus haut.

Si c'est la peur du désordre qui ramène à l'ordre, on n'aura que le fantôme de l'ordre. L'ordre vrai, pour les peuples comme pour les hommes, vient d'un retour sincère de la conscience à la justice et à la vérité.

Voilà pourquoi une monarchie franchement chrétienne est nécessaire.

III

Or, Monseigneur, si la monarchie chrétienne est nécessaire, heureusement elle est possible aussi. Elle est possible, j'ose le dire, dans son intégrité.

Comme toute chose est en puissance dans son germe, comme le chêne est dans le gland, tout entier, ainsi la monarchie chrétienne sera toute entière dans la proclamation de son principe, quand même son dernier fruit ne devrait mûrir que dans un siècle.

Un jour, un homme de grand cœur, mais de pensée trop prompte, Montalembert, effrayé ou irrité, je ne sais, des obstacles qu'offrait à ses yeux la restauration royale, s'est écrié : « Il n'y a de légitime que ce qui est possible. »

Il proférait là une erreur grave ; car l'essence du droit ne réside pas dans la faculté de son exercice. Mais, comme toute erreur n'est qu'une vérité altérée, cette parole de découragement renferme quelque chose de vrai ; — et le voici : l'on n'est tenu d'*appliquer* les droits, si sacrés qu'ils soient, que dans la mesure du possible. La plus haute théologie ne parle pas autrement sur ce point que le plus vulgaire des adages.

Sans doute, à mesurer le degré du possible, les esprits les plus fermes peuvent hésiter, les consciences les plus droites peuvent différer. C'est le sort de toute affaire de ce monde où la sagesse humaine, toujours courte par quelque endroit, est l'arbitre des décisions à prendre. Mais lorsque la prudence et la fermeté, la bonne volonté et la bonne foi opèrent de concert, il reste à l'homme qui s'en inspire, surtout, Monseigneur, à celui qui reçoit d'en haut, avec la mission de régner, plus de lumière; il reste, dis-je, une forte espérance de saisir le point précis où la vérité pratique et la vérité de principe se rencontrent sur l'océan mobile de la politique; et ce qui est vrai aussi, c'est que le devoir de poser les principes premiers est absolu, comme le principe vital est indispensable au fonctionnement de la vie.

A votre droite et à votre gauche, Monseigneur, il est des opinions qui se croisent et qui varient non seulement sur la mesure, mais encore sur les principes eux-mêmes. Votre conscience royale n'a de conseil à recevoir que de l'Eglise et de Dieu. Sur l'opportunité de votre langage, vous êtes le seul

juge. A Dieu ne plaise que ma faible parole s'érige
en promotrice de la royale initiative.

Je viens simplement vous dire, Monseigneur :

Vous devez et vous voulez être le *roi de tous*.
Avant toute chose, il faut être et se montrer
LE ROI.

S'il est vrai, et nous le croyons, que le roi à venir
de la France n'entende pas son rôle comme un président de la République, et qu'il ait la volonté de
régner et de gouverner ;

S'il est vrai, et cela est certain, qu'un peuple ne
peut pas se gouverner directement lui-même ; qu'il
est, en même temps, un être libre et un être gouverné : ce qui, loin d'être une contradiction, constitue, pour l'homme doué de raison, l'harmonie
providentielle ;

S'il est vrai — et l'histoire l'atteste — que, dans
les jours de ses graves périls et de ses grandes
délivrances, la France ait toujours vu à sa tête un
homme pour symbole et un pouvoir fort comme
instrument de la victoire de la vie nationale ;

Il est vrai aussi, il est vrai aujourd'hui comme
hier ; comme il y a trois siècles, comme toujours,
que la France vivace et immortelle, la France chrétienne, seule vraiment conservatrice, attend un signe
du pilote qui lui montre le port.

Point d'armée sans général. Point de parti sans chef. Point de peuple sans conducteur.

A tous ces titres, Monseigneur, il semble qu'à votre jour, à votre heure et sous la forme qui vous conviendra, vous devez faire sentir l'autorité de votre direction, vous mettre à la tête des forces vives du pays, et tracer d'une main résolue le sillon de votre marche vers le trône qui vous attend.

Nul ne peut avoir la témérité de vous dicter un langage. La droiture, l'honneur, la foi religieuse et l'amour du pays l'inspireront. Tout y sera sincère comme votre cœur.

L'histoire nous raconte que, dans les luttes orageuses du moyen-âge — chaque âge a les siennes — à l'époque du grand schisme d'Occident, un tribun célèbre, du nom de Rienzi, rêva de réunir l'Italie avec l'Europe dans un vaste empire dont Rome serait le centre et lui-même le chef.

Tout-puissant par le hasard des discordes civiles dans la Ville éternelle, veuve alors de ses Papes, un jour, dans une fête solennelle, en présence de tout le peuple, il dégaîna son épée de chevalier. Il frappa l'air de tous côtés avec elle, en regardant l'une après l'autre les trois parties du monde; et, fou d'orgueil, il s'écria trois fois : Ceci est à moi ! ceci est à moi ! ceci est à moi !

Ce n'est pas assurément ce langage de parvenu

ivre de sa puissance que tiendra le petit-fils d'Henri IV et de saint Louis; mais, définissant les droits de chacun et de tous, promenant ses regards sur tous les éléments et tous les organes de la patrie française, il dira, dans la plénitude de son esprit de justice :

Ceci est au peuple! Ceci est au roi! Ceci est au foyer domestique!

Ceci est à l'Etat! Ceci est à l'Eglise! et tout est à Dieu!

Monseigneur,

La France est à sauver, nous le savons, par la France elle-même. Mais la France, qu'est-ce autre chose que l'union de tous les vrais Français?

Chacun, selon sa force, son rang, sa mission : tous, doivent concourir au salut de la mère-patrie.

Les élus du pays, à quelque degré qu'ils le puissent être, par l'usage patriotique et chrétien de leur mandat;

Les écrivains, par leur plume;

Les orateurs, par leur parole;

Les militants, par leurs actes;

Les grands, par la noblesse de leurs exemples;

Les petits, par leur fidélité à la discipline sociale;

L'homme, par la maturité de la pensée et la virilité du caractère;

La femme, par la formation sacrée de l'enfant, et l'éclair que son âme catholique et française jette dans toutes les âmes qui reçoivent de la sienne une étincelle;

Le prêtre, enfin, par la science, la doctrine et la vertu!

Tous, par le sacrifice au bien public.

A vous, Monseigneur, d'y concourir en roi! Je veux dire : à vous l'action, la parole et la force royales!

Daignez agréer, Monseigneur, le profond hommage de mon très respectueux et très fidèle dévouement.

Gabriel de BELCASTEL.

TABLE DES MATIÈRES

TOULOUSE. — IMP. CATHOLIQUE SAINT-CYPRIEN, ALLÉE DE GARONNE, 27.

LA TERRE-SAINTE

ET LE

PÈLERINAGE DE PÉNITENCE

IMPRESSIONS ET SOUVENIRS

Par M. l'Abbé V. MOUROT

Chevalier du Saint-Sépulcre,
Membre de la Société Française de Numismatique et d'Archéologie
de Paris,

Curé de Monthureux-le-Sec, près Vittel (Vosges)
Ouvrage approuvé par plusieurs de NN. SS. Archevêques et Evêques.

Deux volumes in-12 de 950 pages, avec Cartes et Plans, **8 fr.**,
et *franco* par la poste, **6** fr.

S'adresser chez l'auteur, à Monthureux-le-Sec (Vosges), ou à
la *Librairie Saint-Paul, rue Cassette, 6, Paris.*

Ouvrage recommandé spécialement à tous ceux qui ont le
désir de s'instruire sur l'histoire et les souvenirs de la
Terre Sacrée.

EN VENTE A LA LIBRAIRIE DENTU

1. **Le Pays de l'honneur**, par le général Ambert,
   1 volume in-18 jésus. . . . .   3 fr. 50

2. **La Réforme sociale**, déduite de l'observation
   comparée des peuples Européens, par F. Lédlay,
   4 volumes in-18 jésus. . . . .   8 fr. »

3. **Les Sœurs de charité**, par E. de Lyden,
   1 volume in-8º. . . . .   1 fr. 50

TOULOUSE. — IMP. CATHOLIQUE SAINT-CYPRIEN, ALLÉE DE GARONNE, 27.

90